Ein offensichtliches Schicksal

Julia Magruder

Writat

Diese Ausgabe erschien im Jahr 2023

ISBN: 9789359258867

Herausgegeben von
Writat
E-Mail: info@writat.com

Inhalt

KAPITEL I

Bettina Mowbray, die über das Deck des Ozeandampfers ging, der nach England fuhr, war sich bewusst, dass sie von vielen Augenpaaren interessiert beobachtet wurde. Sicherlich interessierten sich die Besitzer dieser Augen nicht mehr für sie als für die Interpretation ihrer Blicke. Für sie war es in der Tat von größter Bedeutung zu wissen, dass sie von den Männern und Frauen der Welt, die zum großen Teil die Passagierliste ausmachten, besonders beachtet wurde, da ihre Schönheit ihr einziges Talent für die Position in der Welt darstellte große Welt, die sie ihr ganzes Leben lang bewohnen wollte und erwartete. Sie war daher bestrebt zu wissen, ob das persönliche Erscheinungsbild, das an den unbekannten Orten, die sie bisher kannte, so hoch geschätzt worden war, sozusagen Bestand haben würde oder nicht, wenn sie ins Leben hinausging.

Deshalb achtete Miss Mowbray, während sie neben der aufrechten älteren Frau, die ihre Krankenschwester gewesen war und jetzt ihr Dienstmädchen war, auf dem Deck auf und ab ging, aufmerksam auf die Blicke, die ihr zugeworfen wurden, und manchmal, indem sie ihre Ohren anstrengte, Sie konnte sogar ein oder zwei Worte des Kommentars verstehen. Sowohl Blicke als auch Worte waren äußerst erfreulich. Sie bestätigten nicht nur das frühere Urteil über ihre Schönheit, sondern bewiesen auch ihre ausgeprägte Intuition, dass sie, gemessen an einem höheren Maßstab, einen höheren Tribut gewonnen hatte.

Doch so leidenschaftlich diese Bewunderung auf der einen Seite und so dankbar sie auf der anderen Seite auch war, hier hörte die Sache auf. Für diejenigen, die näher an sie herangetreten wären, errichtete Bettina eine stillschweigende Barriere, die niemand hatte überwinden können, und nach mehreren Tagen auf See war sie immer noch auf die Gesellschaft ihrer Magd beschränkt. Diejenigen, die einmal mit ihr gesprochen hatten, waren so höflich abgewiesen worden, dass sie nicht noch einmal gesprochen hatten, und viele von denen, die Lust gehabt hatten zu sprechen, hatten, als sie sich ihr näherten, instinktiv davon Abstand genommen.

Abgesehen von ihrer Schönheit gab es noch etwas, das die Aufmerksamkeit und die Fantasie dieses großen Mädchens in ihrer tiefen Trauer auf sich zog. Dies war vielleicht der zweifache Aspekt, den ihre unterschiedlichen Stimmungen und Gesichtsausdrücke ihr verliehen. Einmal wirkte sie so zutiefst traurig, niedergeschlagen, fast verzweifelt, dass es leicht war, ihr Trauerkleid mit dem Verlust dessen in Verbindung zu bringen, was ihr am liebsten war. Ein anderes Mal war in ihrem Blick eine Lebendigkeit, Lebendigkeit und Lebendigkeit, die ihre schwarze Kleidung in einem anderen

Sinn als dem, in dem eine dunkle Umgebung manchmal verwendet wird, um den Glanz eines Juwels hervorzuheben, unpassend erscheinen ließ.

Und diese beiden äußeren Erscheinungsformen repräsentierten in Wahrheit die Doppelnatur, die Bettina besaß. Ihre Mutter, die sie mit scharfem und liebevollem Blick beobachtet hatte, hatte ihr oft gesagt, dass die beiden Grundzüge ihres Wesens Liebe und Ehrgeiz seien. Bisher hatte sich die ganze Glut von Bettinas Herzen auf ihre zarte, exquisite kleine alte Mutter konzentriert , die sie mit einer Art Wahnsinn geliebt hatte; und durch den Verlust dieser Mutter ertrug sie jetzt ein Maß an Trauer, das sie vielleicht überwältigt hätte, wenn nicht der andere starke Instinkt der Natur als Gegenmittel gewirkt hätte. Nach einigen Wochen scheinbar leerer Verzweiflung war das Mädchen mit einer Art Verzweiflung aufgewacht und blickte sich um, um zu sehen, was ihr im Leben noch übrig blieb. Dann kam ihr der Ehrgeiz zu Hilfe. Mit einem verhärteten Gefühl in ihrer Brust sagte sie sich, dass sie nie wieder so lieben könne, wie sie ihre Mutter geliebt hatte, und dass sie das Beste aus ihrer Chance machen müsse, eine brillante Figur in der Welt zu werden.

Glücklicherweise war diese Gelegenheit durchaus in Sichtweite. Vor ihren Füßen hatte sich ein Weg geöffnet, der ihr zu einem höheren Rang und einer höheren Position führen konnte, als selbst ihre extravaganten Träume sie erwartet hatten.

In der Isolation ihres engen Dorflebens hatte sie in den Zeitungen Berichte über die englische Aristokratie gelesen; Und in solch einer Atmosphäre ihre Schönheit zur Schau zu stellen und mit einem betitelten Namen angesprochen zu werden, hatte ihre Fantasie so sehr beflügelt, dass ihre gute Mutter viele Angst um die Zukunft ihres Kindes hatte.

Als Bettina allein war und die einzige tiefe Verbundenheit ihres Herzens durch den Tod getrennt war, schien sie keine Hoffnung auf Befreiung von der schrecklichen Unterdrückung ihrer Position zu haben, außer der, die in den Möglichkeiten weltlicher Freude lag, die ihr bevorstanden wenn sie sich dazu entschließen würde, sie anzunehmen. Dies geschah in Form einer eindeutigen Chance in der Person von jemandem, dem ihre Mutter voll und ganz vertraute und den sie billigte, und das allein genügte Bettina nun. Für ein Mädchen in ihrer Lage war das eine kaum weniger als wunderbare Aussicht, aber sie hatte sich ganz einfach ergeben.

Der Rektor der Kirche in dem Dorf, in dem Mrs. Mowbray und ihre Tochter lebten, war ein Engländer aus gutem Hause, der Rev. Arthur Spotswood hieß. Als sein junger Verwandter Horace Spotswood, der Cousin und Erbe von Lord Hurdly , nach Amerika reiste, war es nur natürlich, dass er den Pfarrer in seinem Haus besuchte. Es war auch nur natürlich, dass er dort Bettina Mowbray begegnete; und da er sie für die reizendste und schönste

Frau hielt, die er je gesehen hatte, und da seine Zuneigung völlig gering war, war es fast selbstverständlich, dass er sich in sie verliebte.

Bettina war sich dessen so bewusst, dass sie, als sie eines Morgens den jungen Burschen im Pfarrhaus traf und mit ihm sprach, den Bericht über das Treffen, den sie ihrer Mutter gab, ganz einfach mit den Worten abschloss:

„Er wird mich bitten, ihn zu heiraten, Mama, und ich werde ja sagen. Für kurze Zeit werde ich also Mrs. Horace Spotswood sein, die Frau eines Diplomaten am russischen Hof, und schließlich werde ich Lady Hurdly sein , mit einem Herrenhaus in London, mehreren Landsitzen und einer der höchsten Positionen in der englischen Gesellschaft. ”

„Mein Kind, mein armes Kind!“ „Was soll das Ende deines übermäßigen Ehrgeizes nach den Dingen der Welt sein?“ sagte die Mutter in einem verzweifelten Tonfall. Irgendwann muss man ihre Eitelkeit und Hohlheit entdecken, aber was muss man auf dem Weg zu dieser Erfahrung ertragen! Geld und Stellung können in der Ehe kein Glück bringen. Nichts außer der Liebe kann das bewirken.“

„Aber sehen Sie, ich schlage vor, auch Liebe zu haben“, war die fröhliche Antwort. „Ich versichere Ihnen, dass es nicht schwer sein wird, einen solchen Mann zu lieben, und ich versichere Ihnen auch, dass er bereits tief in mich verliebt ist. Er ist männlich, gutaussehend, gesund, wohlerzogen und insgesamt charmant. Was die Frage angeht, dass ich jemals ein erschaffenes Wesen so lieben werde, wie ich dich liebe, liebe Mutter, das habe ich dir immer gesagt, das steht außer Frage; aber ich kann mir vorstellen, dass mir dieser junge Erbe von Lord Hurdly sehr am Herzen liegt .“

„Bettina“, sagte die Mutter ernst, legte ihrer Tochter die Hände auf die Schulter und blickte ihr tief in die Augen, „du wirst es durch Leiden erreichen müssen, mein Kind, aber du wirst es schließlich erreichen – das Wissen, dass selbst die Liebe, die du mir entgegenbringst, ist gering und unzureichend und nicht würdig, mit der Liebe verglichen zu werden, die du eines Tages für den Mann empfinden wirst, der als dein Ehemann deine höchsten Gefühle hervorrufen wird. Ich bin fest davon überzeugt und bitte Sie, Ihre Chance auf das beste Erbe einer Frau nicht zu verspielen. Heirate diesen Mann oder irgendeinen Mann nicht, bis du spürst, dass selbst die große Liebe, die du mir geschenkt hast, im Vergleich dazu dürftig ist. Der Himmel weiß, ich liebe dich, Kind, und Mutterliebe ist stärker als Tochterliebe; aber ich könnte dich nicht so gut oder so würdig lieben , wenn ich deinen Vater nicht mehr geliebt hätte.“

Diese Worte, denen man so ungeduldig zuhörte, sollten Bettina später wieder einfallen, auch wenn ihr damals die bloße Andeutung dessen, was sie vorhersagten, missfiel.

Ihr Instinkt gegenüber dem jungen Spotswood hatte sich genau bewahrheitet. Schon bei ihrem ersten Gespräch war er von ihr fasziniert gewesen, hatte die Bekanntschaft mit Begeisterung weiterverfolgt und ihr schon bald einen Heiratsantrag gemacht.

Lord Hurdly , sein Cousin, war offenbar unverheiratet und ein eingefleischter Feind der Ehe. Horace Spotswood war sein nächster Verwandter und rechtmäßiger Erbe. Aber Lord Hurdly war nicht älter als zweiundsechzig und würde wahrscheinlich noch lange leben. Seine Lordschaft fand es vielleicht nicht sehr angenehm, ständig daran erinnert zu werden, dass eines Tages ein anderer Mann an seiner Stelle stehen würde, und hatte Horace eine diplomatische Stelle in St. Petersburg verschafft, wo die Gesellschaft zwar angenehm, die Bezahlung jedoch gering war. Als sein Erbe gewährte ihm Lord Hurdly jedoch eine sehr großzügige Zulage, und damit war es für Horace ein Leichtes, seiner Reiselust nachzugehen. Auf diese Weise war er nach Amerika gekommen, mit der Absicht, es ausgiebig zu besichtigen; aber er traf Bettina und gab von diesem Moment an jeden anderen Gedanken auf, außer dem vorherrschenden, sie für seine Frau zu gewinnen.

Selbst als er darum gebeten hatte und angenommen wurde , konnte er nicht von ihrer Seite weichen, sondern beschloss, dort auf Lord Hurdlys Antwort auf seinen Brief zu warten, in dem er seine Verlobung ankündigte. Er war in diesem Punkt nicht ohne gewisse Bedenken, aber er hatte seiner Meinung nach so überzeugend über Bettinas Schönheit, Bildung und Eignung für die Position der Lady Hurdly geschrieben, dass er nicht glauben wollte und konnte, dass es ihm gehörte Cousin würde das missbilligen. Außerdem war er zu glücklich, um über problematische Probleme zu trauern, und so gab er sich ganz den Freuden seiner gegenwärtigen Position und seinen glühenden Zukunftsträumen hin.

Es kam jedoch vor, dass Lord Hurdlys Brief, als er eintraf, eine kalte, knappe und äußerst entschiedene Weigerung war, der Heirat zuzustimmen. Er wandte sich hauptsächlich gegen die Tatsache, dass Bettina Amerikanerin sei, obwohl er nicht zögerte, auch zu sagen, dass er seinen Erben für einen Narren halte, wenn er darüber nachdenke, eine Frau ohne Vermögen zu heiraten, obwohl es ihm so leicht besser gehen könnte. Abschließend sagte er, wenn dieser verrückte Unsinn, wie er es nannte, weiterginge, würde er ihm vom Tag der Hochzeit an sein Taschengeld entziehen. Abschließend hoffte er, dass Horace zur Besinnung kommen und ihn wissen lassen würde, dass die Sache zu Ende sei.

Armer Horaz! Am liebsten hätte er Bettina diesen Brief vorenthalten, aber sie bestand darauf, ihn zu sehen. Nachdem sie dies getan hatte, brannte in ihr der sehnsüchtige Wunsch, über diesen hartnäckigen Widerstand zu triumphieren, und als Horace sie fragte, ob sie angesichts seines veränderten

Schicksals ihr Versprechen dennoch erfüllen würde, stimmte sie mit weitaus leidenschaftlicherem Gefühl zu, als sie es getan hatte bisher gezeigt.

Die Wahrheit war, dass Bettina ihn in letzter Hinsicht enttäuscht hatte. Ihre Mutter war so offensichtlich und zweifellos ihr erster Gedanke, und der sich verschlechternde Gesundheitszustand ihrer Mutter war so offensichtlich ein Kummer, den seine Liebe nicht ausgleichen konnte, dass er zeitweise Anfälle von Eifersucht verspürte, für die er sich später schämte. War diese intensive Liebe zu ihrer Mutter nicht an sich ein Beweis für ihre große Liebesfähigkeit, und musste er nicht eines Tages in geduldigem Warten erleben, dass er auf die gleiche Weise geliebt wurde? Dennoch ärgerte es ihn, dass ihre Mutter von Tag zu Tag mehr Gegenstand ihrer Zeit und Aufmerksamkeit wurde, so dass er sie nun seltener und für kürzere Zeiträume sah. Sie begründete diese Tatsache immer damit, dass die Kranke mehr leide und mehr auf sie angewiesen sei, und sie schien es nie für möglich zu halten, dass diese Ausrede nicht genügen würde.

Endlich kam ein Tag, der ihm das brachte , was er befürchtet hatte: eine Aufforderung, auf seinen Dienstposten zurückzukehren. Früher hätte er versucht, einen längeren Urlaub zu bekommen, selbst unter gewissem Risiko; aber jetzt, da die Aussicht bestand, dass ihm sein Taschengeld aus England entzogen würde, wagte er es nicht, dies zu tun. Er wusste, dass es für zwei sehr sparsam sein würde, von dem zu leben, was einst für einen so unzureichend schien , und er legte Bettina die Angelegenheit offen vor. Sie war voller Hoffnung, dass Lord Hurdly nachgeben würde, und sprach so gleichgültig über ihren Geldmangel, dass er sie dafür umso mehr liebte.

In seiner glühenden Seele hegte er eine gewisse Hoffnung, dass er Bettina überreden könnte, sofort zu heiraten und mit ihm zu gehen, aber als er es wagte, dies vorzuschlagen, stellte er fest, dass der bloße Vorschlag , sie würde ihre Mutter dann oder jemals verlassen, sie dazu bringen würde fast wütend. Sie bestand darauf, dass es ihrer Mutter besser gehen würde; dass sie gestärkt und gestärkt werden würde, wenn sich das Wetter änderte , und dann, so hoffte sie, würde ihr ein gründlicher Wechsel guttun. Ihr Plan bestand also darin, ihren Geliebten sofort gehen zu lassen, und einige Monate später, wenn Mrs. Mowbray stärker sein sollte, würden sie zusammen nach England gehen, und dort könnte Spotswood sie treffen und sie heiraten.

Mit diesem Versprechen musste er gehen. Für ihn war es eine neue und ärgerliche Erfahrung, sich so intensiv mit der Frage des Geldes auseinandersetzen zu müssen. Zwar war er Lord Hurdlys Schwiegererbe, und er konnte nicht enterbt werden, was den Titel und die damit verbundenen Güter betraf, aber es lag völlig in der Macht des jetzigen Herrn, ihm die anderen Besitztümer zu entziehen Er kannte Lord Hurdly gut genug, um zu verstehen, dass er jede einmal eingenommene Position hartnäckig vertrat.

So verabschiedete er sich mit traurigem Herzen von Bettina. Er war inbrünstig bereit, Geld und Bequemlichkeit aufzugeben und um ihretwillen Härten zu ertragen, aber er hätte lieber das Gefühl gehabt, dass die Traurigkeit und Depression, in der Bettina von ihm schied, eher das Echo dessen gewesen wäre, was in seinem eigenen Herzen war Er war sich durchaus bewusst, dass ihre Sorge um die Gesundheit ihrer Mutter tiefere Sorge und Kummer mit sich brachte.

Sobald er jedoch von ihr getrennt war, brannte die starke Flamme seiner Liebe so lebhaft, dass er ihr in fast jeder Post Briefe schrieb, die so tief empfundene Liebe, Mitgefühl und Verehrung ausdrückten, dass er nur zuversichtlich sein konnte, dass sie ihm eine Antwort bringen würden in Form von Sachleistungen. Als ihre Briefe schließlich kamen, waren sie so kurz, spärlich und beschäftigt, dass sie ihm wie ein Schlag ins Herz trafen. Als er an die leidenschaftlich liebevollen Briefe dachte, die sie fast täglich erhielt, während er diese halbherzigen und unzureichenden so selten bekam, wurde sein Stolz geweckt und er beschloss, dass er sie in dem Maße nachahmen würde, dass er sogar noch seltener schrieb wenn er es nicht übers Herz bringen würde, ihr kühl zu schreiben, wie sie es mit ihm tat. Auf diese Weise veränderte sich der Ton seiner Briefe an sie deutlich. Als Tag für Tag und manchmal Woche für Woche vergingen, ohne dass er etwas von ihr hörte, und während ihre Briefe, wenn sie eintrafen, weiterhin nur vom Gesundheitszustand ihrer Mutter und ihrem Kummer darüber sprachen, waren Liebe und Stolz des jungen Mannes gleichermaßen gleich Es war verletzt, dass er sich zwang, soweit es sein Wesen und seine Gefühle erlaubten, ihre Haltung ihm gegenüber nachzuahmen und den Ausdruck seiner leidenschaftlichen Liebe zu ihr zu unterlassen, auf den er keine Antwort erhielt.

Endlich, nach einer längeren Zeit als gewöhnlich, erhielt er einen Brief von Bettina, in dem ihm mitgeteilt wurde, dass ihre Mutter tot sei – tatsächlich tot und begraben gewesen sei, fast zwei Wochen, bevor sie sich aufraffte, ihm zu schreiben.

Im Ton dieses Briefes lag eine Art verzweifelter Entschluss, der zeigte, dass eine Reaktion eingetreten war, deren Stress sie zu energischem Handeln veranlasst hatte. Sie kündigte an, dass sie sofort nach Europa segeln werde, da es ihr unerträglich sei, dort zu bleiben, wo sie sei. Sie bestimmte den 23. Juni als den Tag, an dem sie beschlossen hatte, abzusegeln. In Wirklichkeit ist sie jedoch erst eine Woche zuvor von New York aus eingeschifft. Dies geschah in Verfolgung eines bestimmten Plans, der vorsah, dass sie eine Woche in London völlig frei von Horace verbringen sollte, bevor er kommen sollte, um die Erfüllung ihres Versprechens, ihn zu heiraten, einzufordern.

KAPITEL II

Bettina war in London. Die Seereise hatte ihr gutgetan, und der notwendige Effekt von Veränderung, Abwechslung, neuen Gesichtern, neuen Gefühlen, neuen Gedanken hatte darin bestanden, sie aus sich selbst herauszuholen – aus dem Selbst, das nichts anderes war als eine trauernde und trauernde Tochter – und sie zu beleben die vergnügungssüchtigen Instinkte und der Durst nach Bewunderung, die ein ebenso inhärenter, wenn auch nicht so ausgeprägter Teil von ihr waren. Immer noch keimte eine Wurzel der Bitterkeit in ihr auf, wann immer sie daran dachte, dass ihre Mutter ihr genommen wurde, und genau dieses Element drängte sie, alles zu tun, was sie konnte, in der Hoffnung, die Leere in ihrem Herzen teilweise zu füllen . Sie hatte sich noch nicht einmal mit dem Verlust ihrer Mutter abgefunden, und in ihrem Entschluss, eine Entschädigung für das Unrecht zu erhalten, das sie erlitten hatte, als sie das verloren hatte, was ihr am liebsten war, lag eine gewisse Schicksalsverachtung.

Bei ihrer Ankunft in London ging Bettina in ein Hotel und erkundigte sich von dort aus nach dem Aufenthaltsort von Lord Hurdly . Das Parlament tagte, und Seine Lordschaft tagte in seinem Stadthaus am Grosvenor Square. Nachdem Bettina die Stunde ermittelt hatte, zu der er am wahrscheinlichsten zu Hause sein würde, begab sie sich zu dieser Stunde zu seinem Haus.

Sie weigerte sich, dem Diener, der auf ihr Klingeln antwortete, ihren Namen zu nennen, und bat lediglich darum, Lord Hurdly mitzuteilen, dass eine Dame mit ihm über eine wichtige Angelegenheit sprechen möchte. Nach kurzem Zögern führte der Diener sie in ein kleines Empfangszimmer im ersten Stock und bat sie, dort zu warten.

Sie stand einige Augenblicke allein in diesem Raum, ihr Herz klopfte schnell. Sie trug den amerikanischen Stil tiefer Trauer, der sie von Kopf bis zu den Füßen in dichtes, undurchdringliches Schwarz hüllte und zu ihrer etwas ungewöhnlichen Größe beizutragen schien.

Die Tür öffnete sich. Lord Hurdly trat ein. Sie hatte Fotos von ihm gesehen und hätte ihn selbst durch diesen dichten Schleier überall erkannt. Die große, dünne Gestalt, die scharfen Augen, die Adlernase, das glattrasierte Gesicht und die sorgfältige Kleidung waren sowohl der Erinnerung als auch der Fantasie vertraut.

Er blieb auf der Schwelle des Zimmers stehen, als wäre er von der seltsamen Erscheinung der verhüllten Gestalt vor ihm leicht abgestoßen. Dann sprach er kalt und prägnant.

„Du wolltest mit mir sprechen?" er sagte. „Mir stehen nur wenige Momente zur Verfügung."

Bettina hob eine Hand, warf ihren Schleier zurück und enthüllte so nicht nur ihr Gesicht, sondern ihre ganze Figur, gekleidet in glattes, eng anliegendes Schwarz, so schlicht und ohne Besatz, dass die exquisiten Linien optimal zur Geltung kamen. Ihr von schwarzen Vorhängen umgebenes Gesicht wirkte rein getönt wie eine Blume, und die Aufregung des Augenblicks hatte ihre Augen zum Strahlen gebracht und ihre Wangen gerötet.

Die Unerschütterlichkeit in Lord Hurdlys Gesicht entspannte sich. Seine Lippen öffneten sich; ein erstickter Laut, als wäre er überrascht, entfuhr ihm. Sicherlich war Bettina in diesem Moment nichts weniger als umwerfend schön.

„Ich muss um Verzeihung bitten, dass ich so kurzerhand zu Ihnen gekommen bin", sagte sie. „Meine Entschuldigung ist, dass ich mit Ihnen über eine sehr wichtige Angelegenheit sprechen möchte."

Ihre Stimme war auf jeden Fall bezaubernd, und wenn ihr Akzent unter anderen Umständen vielleicht etwas auszusetzen hätte, empfand er ihn unter diesen Umständen als zusätzlichen Reiz. Sie hatte Lord Hurdlys offensichtliche Überraschung, als er sie sah, auf ihre eigene Weise konstruiert, und das verlieh ihr mehr Selbstbeherrschung und stärkte ihr Machtgefühl.

„Lasst uns in einen anderen Raum gehen", sagte Lord Hurdly . „Ich kann Sie nicht hier behalten, und was auch immer Sie mir zu sagen haben, ich kann mich ganz nach Belieben darum kümmern."

Er ging voran aus dem Zimmer und Bettina folgte schweigend. Sie hatte unzählige Träume von Größe gehabt, das arme Kind! Aber sie war zu unwissend gewesen, um sich einen Ort wie dieses Haus auch nur vorzustellen. Seine Einrichtung und Dekoration repräsentierte nicht nur den angesammelten Reichtum, sondern auch den angesammelten Geschmack und die Möglichkeiten vieler aufeinanderfolgender Generationen. Sie verspürte ein unbeschreibliches Gefühl tiefen, sinnlichen Vergnügens in ihrer gegenwärtigen Umgebung, das ihr Herz höher schlagen ließ bei dem Gedanken, dass all diese Dinge eines Tages ihr gehören könnten. Lord Hurdly schien außerordentlich gut erhalten zu sein, und dieser Tag könnte noch in weiter Ferne liegen. Umso mehr Grund, sagte sie sich, warum sie zwischen ihm und Horace Frieden schließen sollte, damit sie zumindest manchmal Gast in diesem Haus sein und in eine Atmosphäre aufgenommen werden könnte, in der sie zum ersten Mal das Gefühl hatte, dass sie es war war in ihrem wahren Element. Es war nicht nur die Pracht, die sie von allen Seiten sah, die sie so anzog. Es war diese Aura des Besten in allem, die ihr sowohl in Lord Hurdlys Gegenwart als auch in seinem Haus das Gefühl gab, dass die Zivilisation nicht weiter gehen konnte – dass das Leben auf seiner materiellen Seite nichts mehr zu bieten hatte. Und Bettina hatte nun einen

Punkt in ihrer Erfahrung erreicht, an dem scheinbar nur noch materielles Vergnügen übrig blieb. Sie glaubte fest daran, dass die ganze Freude des Liebens im Grab ihrer Mutter begraben sei.

Ihr Herz klopfte schnell, als sie Lord Hurdlys Bibliothek betrat und sah, wie er die Tür hinter sich schloss. Dann kam es ihr etwas seltsam vor, dass er sie hierher gebracht hatte, ohne überhaupt zu wissen, wer sie war oder was sie von ihm wollte.

Ein Zweifel, ein kaum möglicher Verdacht kam ihr in den Sinn.

„Haben Sie eine Ahnung, wer ich bin?" Sie sagte.

„Es genügt mir zu wissen, wer du bist."

"Ah! Ich verstehe es nicht", sagte sie verwirrt.

„Sie sind ohne Zeremonie auf mich zugekommen, Madam", sagte Lord Hurdly mit einer leicht altmodischen Wichtigtuerei in seiner geschliffenen Art, „und ich kann Sie daher bitten, das Fehlen von Zeremonien in mir zu entschuldigen, als ich auf den Eindruck anspielte, den Sie gemacht haben." auf mich gemacht haben. Sie sind für mich ein Fremder – ein Amerikaner, das schließe ich aus Ihrer Rede. Ich hoffe, dass ich das Glück habe, zu hören, dass ich etwas für Sie tun kann."

„Das gibt es", sagte Bettina , „ etwas, das für mich so lebenswichtig und wichtig ist, dass ich, jetzt, wo ich in Ihrer Gegenwart bin, Angst habe, es zu wagen, zu sprechen, aus Angst, Sie könnten sich weigern, mein Gebet zu hören."

„Von dieser Seite aus besteht für Sie eine geringe Gefahr, das versichere ich Ihnen. Ich bin bereit, für Sie zu tun, was auch immer Sie verlangen. Lassen Sie mich jedoch einige Fragen stellen, bevor ich Ihre Bitte höre. Du trägst Trauer. Ist es vielleicht für Ihren Mann?"

„Für meine Mutter", sagte Bettina mit einem plötzlichen Zittern der Lippen und einem Leuchten ihrer Augen, was ihr einen neuen Reiz verlieh und die Tatsache enthüllte, dass diese junge Göttin ein menschliches Herz hatte, das schnell zu Emotionen bewegt werden konnte.

„Verzeihen Sie mir", sagte Lord Hurdly mit großer Höflichkeit. „Vergessen Sie, dass ich eine so wunde Stelle grob berührt habe, und sagen Sie mir, wenn Sie so wollen: Sind Sie verheiratet oder unverheiratet?"

„Ich bin unverheiratet", sagte Bettina und begann zu zittern, als sie den wichtigen Moment vor sich hatte; „Aber ich werde gleich heiraten. Ich habe diesen Besuch in London vorher nur gemacht, um Sie zu sehen. Der Mann, den ich heiraten werde, ist Ihr Cousin und Erbe, Horace Spotswood."

Lord Hurdlys vorsichtiges Gesicht verriet eine gewisse Aufregung, doch die Anzeichen dafür ließen sich schnell unter Kontrolle bringen.

Er sah ihr ein paar Sekunden lang direkt in die Augen, ohne zu sprechen. Dann durchquerte er den Raum, drückte einen elektrischen Knopf und sagte dabei:

„Ich werde eine Verlobung, die ich hatte, auflösen, damit ich in aller Ruhe mit Ihnen reden kann."

Keiner sprach mehr, bis der Diener kam, seine Anweisungen entgegennahm, ging und die Tür hinter sich schloss. In Lord Hurdlys Art und Ausdruck lag eine gewisse Entschlossenheit , die Bettina nicht entging. Sie war sich sicher, dass die Enthüllung ihrer Identität ihn zu einer entscheidenden Handlung veranlasst hatte, aber was es war, konnte sie aus diesem unergründlichen Gesicht nicht erraten.

„Jetzt habe ich für den Vormittag ganz frei", sagte ihre Begleiterin. „Natürlich haben wir einander viel zu sagen. Willst du nicht deine Haube und dein Tuch beiseite legen? Der Tag ist warm, und diese schwere Trauer muss Sie quälen."

Auf jeden Fall war seine Art freundlich. Bettina begann ihn zu mögen und hoffte, dass ihr Ziel, hierher zu kommen, Erfolg haben würde. Sie knöpfte schnell ihre schwarzen Handschuhe auf und zog ihre schönen Hände, die keine Ringe trugen, aus der Scheide. Dann nahm sie mit ein paar geschickten Bewegungen ihren äußeren Umhang und ihre Haube mit dem langen, dicken Schleier ab.

Dabei offenbarte sie, dass sie einen exquisiten Kopf hatte, mit köstlichen Massen brauner Haare, die im Kontrast zum dichten Schwarz ihres Kleides, dessen sanfte Strenge jede schöne Kurve ihrer Figur betonte, fast rötlich wirkten Hätte jeden Mangel behoben, wenn es einen Mangel gegeben hätte. Dieses Kleid passte ihr so genau, dass man das befriedigende Gefühl hatte, die Frau anzusehen und nicht ihre Kleidung. An der Wand hingen schöne alte Porträts von edlen Damen, die einst die Ehre dieses großen Hauses erwiesen hatten, aber die schönsten von ihnen erbleichten vor der strahlenden Schönheit dieses Mädchens. Denn sie sah trotz ihrer düsteren Kleidung wie ein Mädchen aus, und in ihrem Verhalten lag eine gewisse Schüchternheit, die diesen Eindruck verstärkte.

Lord Hurdly bot ihr einen Platz an und nahm dann einen anderen Platz ein, der ihr gegenüberstand.

„Mit der Verpflichtung, Horace Spotswood zu heiraten", begann er bewusst, „haben Sie den größten, wenn nicht den irreparablen Fehler Ihres Lebens begangen."

Bettinas weiße Haut zeigte das plötzliche Nachlassen des Blutes in ihren Adern, als er diese Worte sagte.

"Warum?" fragte sie kurz und bündig.

„Weil er dir nicht gewachsen ist und weil deine Heirat dich nicht nur auf eine niedrigere Ebene bringen würde, als du hingehören, sondern es würde auch seine Position im Leben so ernsthaft beeinträchtigen, dass es für ihn keine Chance mehr gäbe, sie wiederzuerlangen es bis zu meinem Tod. Ich bin vergleichsweise ein junger Mann und werde wahrscheinlich noch lange leben. Abgesehen davon kann ich heiraten. Ich hatte weder damit gerechnet noch die Absicht, dies zu tun, aber sein neuerlicher Widerstand gegen mich hat mich manchmal dazu veranlasst, mich dieser Idee zuzuwenden. Bisher habe ich meine Meinung zu diesem Thema geändert, dass ich sofort heiraten würde, wenn ich eine Frau treffen und für mich gewinnen könnte. Was würde dann aus Horaz werden? Er hat neben seinem Gehalt nur einen Hungerlohn, was für einen Mann eine lächerliche Summe zum Heiraten ist. Er hat dir Unrecht getan, indem er dich in eine solche Lage gebracht hat, und du hast ihm ebenso Unrecht getan.“

Während er sprach, war Bettina ganz weiß geworden. Das Bild, das er zeichnete, war an sich schon schlimm genug, aber es vor ihr in ihrer gegenwärtigen Umgebung skizzieren zu sehen, machte es noch unendlich schlimmer.

„Wenn wir uns gegenseitig Unrecht getan haben, haben wir es aus Unwissenheit getan“, sagte sie. „Er versicherte mir, dass Sie entschlossen waren, niemals zu heiraten, und er zählte auf Ihre frühere Freundlichkeit und Ihre Verbundenheit mit ihm …“

Sie brach ab, ihre Stimme zitterte.

„Aus dem gleichen Grund habe ich auf ihn gezählt“, sagte Lord Hurdly . „Er war nicht in der Lage, gegen meinen Willen zu heiraten, und als er sich dazu verpflichtete, widersetzte er sich mir. Lassen Sie ihn die Konsequenzen tragen.“

„Dann sind Sie entschlossen, nicht nachzugeben?“ Bettina geriet ins Stocken. „Sie werden ihm das Vergehen nicht verzeihen, mich zu seiner Frau machen zu wollen?“

„Das habe ich nicht gesagt“, erwiderte Lord Hurdly mit einem subtilen Tonwechsel. „Ich sollte ihm sicherlich nicht verzeihen, dass er dich geheiratet hat, aber weil ich dies vorgeschlagen habe, bin ich bereit, ihm zu vergeben, vorausgesetzt, er kommt an diesem Punkt zur Besinnung und geht nicht weiter. In diesem Fall bin ich bereit, nicht nur das stattliche

Einkommen, das ich ihm gewährt habe, weiterzuführen, sondern ihm auch den gesamten Kapitalbetrag davon zu überlassen."

Bettina hatte nie behauptet, dass sie in Horace Spotswood verliebt sei. Tatsächlich hatte sie in sich selbst entschieden, dass sie zu einem solchen Gefühlszustand nicht in der Lage sei, und sie war davon überzeugt, dass die Inbrunst und Intensität der Liebe, die sie ihrer Mutter entgegengebracht hatte, an die Stelle dessen getreten war, was manche Frauen ihren Ehemännern entgegenbrachten . Dennoch betrachtete sie ihre bevorstehende Heirat mit ihm als eine der festen Tatsachen des Universums, und Lord Hurdlys Worte verwirrten sie.

Größer als diese Überraschung war jedoch ihr Gefühl der Demütigung über die unversöhnliche Beleidigung, die Lord Hurdly über den Heiratsantrag seines Erben mit sich selbst erlitten hatte. Dass er Horace heiraten wollte, wusste sie; Deshalb war es die Frau, die er ausgewählt hatte, die Lord Hurdly verärgerte.

Sie stand auf, fühlte sich schwindelig und wusste, dass sie vor Aufregung weiß war. Ihre einzige Idee war, wegzukommen – der prüfenden Aufmerksamkeit des intensiven Blicks zu entgehen, der auf sie gerichtet war.

"Ich muss gehen. „Ich bitte um Verzeihung für mein Kommen", sagte sie mit stolzer Kälte und griff nach ihrem Umhang.

„Du darfst nicht gehen. Ich bin Ihnen unendlich dankbar, dass Sie gekommen sind, und ich werde Ihnen zeigen, dass Sie sich auch zu diesem Interview gratulieren müssen. Wenn Sie jetzt gehen würden, würden Sie alles Gute zunichtemachen, das daraus entstehen könnte. Setz dich, ich flehe dich an, und hör mir zu."

Sein Verhalten war nicht nur drängend, es war auch freundlich, und nichts hätte respektvoller sein können als jeder seiner Blicke und jeder Tonfall.

Bettina setzte sich wieder und wartete.

„Was hat Sie schockiert?" er sagte. „Liegt es an deiner großen Liebe zu Horace – oder ist es seine für dich, an die du am meisten denkst?"

„Ich sehe nicht ein, dass ich verpflichtet bin, Ihnen diese Frage zu beantworten", sagte Bettina stolz. „Meine Gründe reichen mir selbst."

„Sie sind in keiner Weise verpflichtet, meine liebe junge Dame, aber es wäre klug von Ihnen, mir zu antworten. Ich bin bereit, in dieser Angelegenheit als Ihr Freund aufzutreten, und es wäre ein Fehler, wenn Sie sich von mir abwenden würden, ohne zu hören, was ich zu sagen habe. Wenn Sie sich vorstellen, dass der junge Mann, mit dem Sie eine Ehe geschlossen haben, durch den Verlust Ihrer Person untröstlich wäre, während er dies durch den

Besitz eines Vermögens wettmachen würde, dann überschätzen Sie vielleicht die Dinge."

"Welche Sachen?" sagte sie, immer noch kalt und zurückhaltend in ihrer Art, ihr blasses Gesicht sehr ernst.

„Die Selbstlosigkeit der Liebe des Menschen im Allgemeinen und der Liebe dieses Mannes im Besonderen", sagte er; „Und zum anderen dich selbst. Es klingt brutal, das zu sagen, aber wenn Sie glauben, dass dieser hitzköpfige, undisziplinierte Junge trotz aller Schicksalsschläge wie diesem Fall zu anhaltender Zuneigung fähig ist, dann bin ich anderer Meinung und kenne ihn besser als Sie."

Bettinas Gesicht wurde rot.

„Er liebt mich – das tut er!" sie weinte etwas aufgeregt. „Ich war ihm gegenüber kalt und nachlässig und habe ihm gesagt, dass mein Herz im Grab meiner Mutter begraben sei." Bei diesen Worten zitterte ihre Stimme. „Er weiß, wie schwer es mir fällt, noch an eine andere Art von Liebe zu denken; Aber er war die Güte selbst und hat mir die liebsten und liebevollsten Briefe geschrieben, die jemals eine Frau hatte. Wenn sie in letzter Zeit etwas seltener und kälter waren, liegt das nur an meinen eigenen Unzulänglichkeiten ihm gegenüber. Ich werde jetzt versuchen, sie zu büßen. Da mir klar ist, wie groß die Verletzung ist, die ich ihm zugefügt habe, werde ich versuchen, ihn dafür zu entschädigen."

„Und du glaubst, dass du Erfolg haben wirst? Das bezweifle ich."

Etwas an seinem Verhalten beeindruckte sie wider Willen. Vielleicht sah er, dass es so war, denn er nutzte seinen Vorteil aus.

„Vergleichen Sie die Länge und Möglichkeiten meines Geschlechtsverkehrs mit ihm und Ihrem", sagte er. „Es wäre eine absolute Torheit, mir jetzt nicht zuzuhören. Am Ende werden Sie genauso frei handeln können wie am Anfang. Ich möchte Sie nur daran erinnern, dass seine Zukunft genauso wichtig ist wie Ihre eigene."

Er sah, dass dieses Argument Aufschluss gab.

„Ich bin bereit zuzuhören", sagte sie.

„Ich bin Ihnen dankbar", antwortete er mit der Miene vollendeter Höflichkeit, die die besten Anstandsweisen eines jungen Mannes grob erscheinen lässt und die Bettina nicht zu unwissend war, um sie in ihrem richtigen Wert zu würdigen.

„Ich habe Horace als Kind, als Jungen und als Mann gekannt – falls man ihn überhaupt als Mann bezeichnen darf", sagte er mit einem Anflug von Verachtung. „Sie kennen ihn nur in einer Eigenschaft und in einem Zustand

– dem eines Liebhabers, einer *Rolle* , die er zweifellos sehr hübsch spielen kann und in der er trotz seiner Jugend alles andere als ungeübt ist . Er war schon öfter verliebt, als ich sagen oder Sie hören sollten – ganz harmlose Affären natürlich, aber sie beweisen für jemanden, der ihn so beobachtet hat wie ich, dass seine Natur launisch und launisch ist. Ich gestehe, als ich Sie gerade sagen hörte, dass seine Briefe in letzter Zeit seltener und weniger leidenschaftlich gewesen seien, konnte ich das nicht ganz auf den Grund zurückführen, der Sie so schnell zufriedenstellte. In der Regel sind diese intensiven, leidenschaftlichen Gefühle nicht von langer Dauer, und ich kenne sowohl die Intensität als auch die Kürze der Liebesanfälle des Horaz gut. Genau aus diesem Grund verabscheute ich die Idee, dass er ohne meinen Rat heiraten sollte. Ich sah voraus, dass er jeder Frau bald überdrüssig werden würde. Umso mehr Grund gab es für ihn, jemanden zu wählen, der zu ihm passte, abgesehen davon, dass er sie liebte. Ich wusste, dass ihm das Durchhaltevermögen fehlte – dass er zu anhaltender Zuneigung völlig unfähig war. Daher hielt ich seinen Geschmack in dieser Angelegenheit für weniger als meinen eigenen. Da er mein Erbe für den Fall war, dass ich nicht heiratete, hatte ich das Gefühl, dass ich das Recht hatte zu verlangen, dass er seiner Stellung entsprechend heiraten sollte.“

„Ich bedaure, dass er eine Verlobung eingegangen ist, die Sie enttäuscht hat“, sagte Bettina mit einer leichten Falte in den Mundwinkeln.

„Ich bereue es auch; Aber Sie erinnern sich vielleicht, dass ich zu Beginn dieses Interviews von diesem Fehler Ihrerseits und von ihm als groß, wenn auch vielleicht nicht irreparabel sprach.

Er blickte sie scharf an und sah, dass seine Worte keine Wirkung auf sie hatten, außer sie zu verwirren.

„Ich sehe keinen Weg zur Wiedergutmachung“, sagte sie und wollte gerade fortfahren, als er sie unterbrach.

„Ich habe den Weg aufgezeigt – einen Bruch der Verlobung im gegenseitigen Einvernehmen.“

„Eine Zustimmung, die er niemals geben würde“, sagte Bettina mit einem gewissen Stolz der Zuversicht.

"Und du?" er hat gefragt.

„Ich auch nicht“, sagte sie, „es sei denn, ich wäre überzeugt, dass er es wollte.“

„Mit etwas Zeit wäre es vielleicht nicht unmöglich, Sie davon zu überzeugen“, sagte Lord Hurdly . „Aber haben Sie, abgesehen von seinem

Wunsch, keine Rücksicht auf sein Interesse genommen? Seine Position in der Diplomatie ist derzeit unbedeutend, aber er hat Talente und eine Chance, aufzusteigen, es sei denn, diese Chance wird dadurch völlig zunichte gemacht, dass er sich mit einer Familie in Verlegenheit bringt – ein Zustand, der seiner Karriere den Tod bedeuten würde. Fragen Sie jemanden Ihrer Wahl, und er wird Ihnen sagen, dass es hierzu keine zwei Meinungen geben kann. Außerdem konnte er dank meiner Hilfe wie ein Glückspilz leben. Seine Vergütung wird jedoch am Tag seiner Heirat eingestellt, wenn er auf diesem Weg beharrt. Wenn er es aufgibt, stehen ihm sowohl das Kapital als auch die Zinsen zur Verfügung. In dieser Lage hat er jede Chance, aufzusteigen. Unter den anderen Bedingungen fällt er zwangsläufig. Was letztendlich aus ihm werden würde, ist eine zu düstere Vermutung, als dass man sich damit aufhalten könnte."

Bettinas Gesicht wurde noch blasser. Die Tränen schossen ihr in die Augen – Tränen der Demütigung und des tiefen Bedauerns. Der Gedanke an ihre Mutter durchdrang sie, und das Bewusstsein, dass sie nicht länger die Zuflucht dieses sanften Herzens hatte, auf das sie sich verlassen konnte, überkam sie fast. Der Stolz half ihr jedoch und sie erholte sich schnell.

„Sie haben mir voll und ganz bewiesen", sagte sie, „dass ich Ihren Cousin verletzt habe, indem ich versprochen habe, ihn zu heiraten." Ich habe es jedoch aus Unwissenheit getan. Angesichts der Tatsachen, die Sie gerade dargelegt haben, hätte ich vielleicht anders handeln sollen. Jetzt aber zu bereuen ist nutzlos."

„Im Gegenteil, dies ist einer der seltenen Fälle, in denen Bedauern nicht nutzlos ist. Die Wiedergutmachung Ihres Fehlers liegt in Ihren eigenen Händen."

Die Möglichkeit, das zu tun, was er drängte, schoss Bettina durch den Kopf. Ohne sie wäre Horace in jeder rationalen und materiellen Hinsicht sicherlich unendlich besser dran; und in diesem Stadium von Bettinas Entwicklung waren das Rationale und das Materielle vorherrschend. Aber was ist mit ihr, abgesehen von Horace? Dieser Gedanke fand in Worten seinen Ausdruck.

„Sie haben dieses Thema aus Ihrem eigenen Blickwinkel betrachtet", sagte sie, „und vielleicht natürlich. Ich muss jedoch an einen Aspekt des Falles denken, an dem Sie kein Interesse haben. Ich bin absolut allein auf der Welt, und wenn ich um deines Cousins willen dieses Opfer gebracht hätte –"

Trotz ihres Willens stockte ihre Stimme.

Lord Hurdly rückte seinen Stuhl etwas näher an sie heran. Sein Blick war noch aufmerksamer auf sie gerichtet, als er direkt und entschieden sagte:

„Sie irren sich völlig. Es ist dieser Aspekt des Falles, der mich hauptsächlich beschäftigt. Wenn, was zweifellos wahr ist, die Verhinderung dieser äußerst fehlgeleiteten Ehe für Horaz von Vorteil wäre, könnte es für Sie ein weitaus größerer Gewinn sein, und für mich könnte es die Erfüllung all dessen sein, was ich mir jemals im Leben gewünscht habe."

"Wie meinst du das?" sagte sie verwirrt.

„Ich meine, der höchste Wunsch meines Herzens ist und war es seit dem Moment, als mein Blick auf Sie ruhte, Sie absolut und sofort zur Lady Hurdly zu machen, anstatt auf einen Namen und eine Position zu warten, die es vielleicht nie geben wird komme zu dir."

Ihr Herz schlug so stark, dass ihr Atem nur noch erstickt war. Das durchdringende Verlangen seiner Augen war für sie fast erschreckend. Sie sah, dass er es absolut ernst meinte, und das Mitgefühl, das sie für Horace empfand, kämpfte mit der überwältigenden Versuchung, die diese Gelegenheit für diesen starken Ehrgeiz darstellte, der ein so großer Teil ihres Wesens war.

„Seien Sie nicht schockiert oder erschreckt von der Plötzlichkeit meines Vorschlags", sagte er. „Ich vertraue darauf, dass Sie erkennen werden, dass es äußerst klug und vernünftig ist. Als ich sagte, die Ehe sei unpassend, dachte ich mehr an dich als an Horace. Ihre Schönheit, Ihr Auftreten, Ihre Stimme, Ihre Worte, Ihr gesamtes Ego und Ihre Persönlichkeit zeigen, dass Sie für eine großartige Position geboren wurden. Es handelt sich um ein offensichtliches Schicksal. Das Vermögen und der gesellschaftliche Rang, die ich verleihen kann, sind für Dich zu gering; Ich möchte Dir die Krone einer Königin auf Deinen schönen Kopf setzen können. Aber so wie ich bin – ein Mann, der die aktuelle Geschichte seines Landes geprägt hat und der zwar nicht mehr jung im groben Sinne ist, der nur nach Monaten und Jahren zählt, aber dennoch keineswegs alt ist – und solche Dinge Wie ich es getan habe und befehlen kann, liege ich zu deinen Füßen und flehe dich demütig an, ihnen einen Wert zu verleihen, den sie noch nie zuvor hatten, indem du sie akzeptierst und Teilhaber meines Namens, meiner Position, meines Vermögens und der Geliebten wirst von meinem Herzen."

Er war aufgestanden und stand mit der Entschlossenheit einer starken Entschlossenheit in seinen Augen vor ihr. Aber sie konnte ihnen nicht begegnen, diesen dominanten, forschenden Augen. Die Gedanken, die seine Worte hervorgerufen hatten, waren zu aufwühlend, zu unsicher, zu quälend für sie. Der Gedanke, Horace aufzugeben, schmerzte sie mehr, als sie geglaubt hätte, während die Vision der Größe, die sie so sehr drängte und die sie noch vor zehn Minuten wie ein voller Becher von ihren durstigen Lippen hatte verschwinden sehen, ebenfalls quälte. Es war für sie ein großes Opfer, auf solche Möglichkeiten zu verzichten, doch zunächst hatte sie keinen anderen Gedanken, als darauf zu verzichten. Die Argumente für Horaces künftige Karriere, die man ihr aufgedrängt hatte, spielten jetzt auch in ihrem Bewusstsein eine Rolle, und das brodelnde Durcheinander von Bildern in ihrem Gehirn ließ ihre Sinne schwanken.

Lord Hurdly musste ihre Aufregung gesehen haben, denn er beeilte sich zu sagen:

„Ich war zu voreilig. Du musst mir verzeihen. Versuchen Sie im Moment nicht, mir zu antworten. Ich sehe, dass du überreizt bist. Ich möchte Sie bitten, sich ein wenig auszuruhen. Ich werde nach der Haushälterin schicken."

„Nein, nein! Ich muss gehen", antwortete sie und stand auf. Aber sie hatte ihre Kräfte überschätzt. Sie sank in ihren Stuhl zurück.

Er ging selbst und brachte ihr ein Glas Wein und redete beruhigend auf sie ein, während sie es trank. Er machte sich Vorwürfe, zu eilig und zu voreilig gewesen zu sein, führte aber als Entschuldigung den Ernst seiner Hoffnungen an. Als sie den Wein getrunken hatte, wollte sie gehen, aber er bat sie so demütig, ihn nicht zu sehr für seine Schuld zu bestrafen, dass er sie, als er sie bat, die Haushälterin rufen zu lassen, bis zum Mittagessen bei ihr sitzen sollte, anflehte, es einzunehmen Bevor sie ging, stimmte sie zu, da sie geistig zu erschöpft war, um selbst eine entschiedene Position einzunehmen.

Der Haushälterin erklärte Lord Hurdly , dass diese Dame in großen Schwierigkeiten steckte – eine Tatsache, die durch ihre tiefe Trauer hinreichend bewiesen wird – und dass sie sich gerne eine Weile ausruhen würde, bevor sie etwas zu Mittag isst. Bettina sah sich mit einer respektvollen Ehrfurcht betrachtet, die sie noch nie zuvor gespürt hatte. Die Haushälterin versprach mit der süßesten Stimme und den freundlichsten Manieren, alles in ihrer Macht Stehende zu tun, und Lord Hurdly zog sich zurück.

„Sie sank in ihren Stuhl zurück"

Bettina konnte nicht sprechen. Sie legte sich auf die Couch zurück und ließ sich sanft Luft zufächeln und gelegentlich Salz an ihre Nase halten. Doch ihre ganze Mühe bestand darin, ihre Gedanken zu ordnen – ein schwieriger Versuch, da das Bild ihrer Mutter darauf bestand, in ihrem Kopf den Vorrang einzunehmen. Mit einer Art Bitterkeit befahl sie, es herunterzunehmen. Wäre ihre Mutter noch am Leben gewesen, wäre sie gerne vor diesem Rätsel geflohen, in das sich ihr Leben verwickelt hatte, und wäre nach Amerika zurückgekehrt, um dort Ruhe und Mutterliebe zu finden. Das sagte sie sich zumindest. Doch dann folgte die Überlegung, dass ihr mit dem Tod ihrer Mutter die Zuflucht der Ruhe und des Schutzes der Liebe für immer verloren gegangen war und dass sie entweder unter der einen oder anderen der beiden Bedingungen, die ihr angeboten wurden, in Europa bleiben oder sich mit der Apathie abfinden musste der Verzweiflung.

Es lag nicht in ihr, dies zu tun, und die brillanten Möglichkeiten, die Lord Hurdly vorgeschlagen hatte, schossen ihr in den Sinn und erregten sie so sehr, dass sie plötzlich aufstand und verkündete, dass ihr leichtes Unwohlsein vorüber sei, und die Haushälterin bat, sie irgendwohin zu bringen um ihre Haare neu zu ordnen und sich auf das Mittagessen vorzubereiten.

Selbst wenn Bettina ein glückliches Herz gehabt hätte, das sich über eine erfüllte und zufriedene Liebe zu dem Mann freute, den sie zu heiraten versprochen hatte, hätte die andere, dominierende Seite ihres Wesens nicht ganz unterdrückt werden können, als sie durch die Flure und Korridore ging dieses prächtige Herrenhaus. Dies waren Dinge, die sich ihre Fantasie immer als ihre richtige Position im Leben vorgestellt hatte und nach denen sich das unerneuerte Herz in ihr immer gesehnt hatte. Aber wie weit ging die großartige Ruhe dieses schönen Hauses über ihre unwissenden Träume hinaus! Es war so viel mehr, als sie gedacht hatte, dass die neue Versorgung ihrer Sinne in gewisser Weise eine neue Nachfrage in ihnen zu erzeugen schien.

Grande Dame zu sein wie heute, als sie im Begriff war, eine solche Gelegenheit abzulehnen, obwohl sie gerade noch in greifbarer Nähe lag. Denn sie hatte keine Ahnung, dass sie es ablehnen sollte, und gerade dieses Bewusstsein machte sie in ihren Gefühlen und Handlungen gegenüber Lord Hurdly freundlicher, als sie es sonst gewesen wäre.

Als sie vor großen Spiegeln, die ihr einen besseren Blick auf ihre Schönheit als je zuvor ermöglichten, ihr Kleid zurechtgerückt und ihr Haar geglättet hatte, rief ein Diener sie zum Mittagessen, und am Fuß der Treppe sah sie Lord Hurdly, der sie erwartete .

So gesehen, wurde eine ausgeprägte Kahlheit deutlich, die ihr zuvor nicht besonders aufgefallen war, aber es gab eine gewisse Vornehmheit in der allgemeinen Miene des Mannes, die dies eher zu verstärken schien. Seine Art der zarten Fürsorge für sie war die Vollkommenheit guter Erziehung, und als sie ihm beruhigend antwortete und an seiner Seite ins Esszimmer ging, überkam sie plötzlich die Überzeugung, dass sie zu sich selbst gekommen war – dass dies der Fall war Die Position, für die sie geboren worden war, und dass es ihr Schicksal war, dem sie nicht entkommen konnte, auch wenn sie beschlossen hatte, sie abzulehnen. Sie versuchte, ihr den Glauben einzureden, dass sie als Ehefrau von Horace eines Tages all diese Freuden genießen würde, doch der Gedanke daran blieb ihr verborgen. Sie konnte Horace nicht auf dem Platz sehen, der jetzt von seinem Cousin eingenommen wurde. Sowohl in der Vorstellung als auch in der Realität war es Lord Hurdly , der diesen Platz einnahm.

Diese Überzeugung, die sich mit jedem Augenblick vertiefte, konnte sie nicht abschütteln und konnte sie nicht erklären. Sie hatte das Gefühl, dass es ihrem Bewusstsein durch eine dominierende Macht von Lord Hurdlys Geist über ihren eigenen aufgezwungen wurde. Sie hatte das Gefühl, hypnotisiert zu sein. Sie fragte sich, ob es so sein könnte und ob sie bald zu sich kommen und feststellen würde, dass alles eine Einbildung war und dass sie weder Lord Hurdly noch sein Haus gesehen hatte , sondern auf dem Weg nach St. Petersburg war, um sich Horace anzuschließen und sich niederzulassen zu einer begrenzten und sparsamen Lebensweise.

Bei diesem Gedanken sank ihr das Herz. Sie hatte ihre Hand auf diesen schillernden Preis weltlichen Reichtums und weltlicher Stellung gelegt. Konnte sie es loslassen?

Während des Mittagessens wurde das Thema ihres späten Gesprächs nicht erwähnt. Die Diener blieben im Zimmer und Lord Hurdly sprach von öffentlichen und ganz unpersönlichen Angelegenheiten. Dabei bewies er eine scharfe Einsicht, ein umfassendes Wissen über die Welt, eine unbestreitbar kraftvolle Mentalität und ein ausgeprägtes Geschick in der Kunst, zu gefallen. War der Ton seiner Rede zynisch, so fand er gerade deshalb in Bettinas Herzen ein umso deutlicheres Echo. Eine gewisse Neigung zum Zynismus war ihr angeboren, und die Bitterkeit, die sie über den Verlust ihrer Mutter empfand, hatte diese noch verstärkt. Was nützt Liebe, fragte sie sich, wenn die Liebe so enden muss? In ihrem Herzen hoffte sie leidenschaftlich, dass sie nie wieder lieben würde. Und sie scheute auch davor zurück, auf eine innige Weise geliebt zu werden, die Anforderungen an sie stellen könnte, auf die sie nicht reagieren konnte.

Als es für Bettina an der Zeit war zu gehen, stellte sie fest, dass das Taxi, mit dem sie gekommen war, weggeschickt worden war und an seiner Stelle Lord Hurdlys Brougham auf sie wartete. Er begleitete sie selbst zur Kutschentür, und als der große Lakai, der sie offen hielt, schweigend seinen Hut berührte, während er ihre Befehle entgegennahm, stieg er dann neben seinen Zwillingsbruder auf die Kiste und sie wurde auf gepolsterten Kissen davongewälzt Ein köstlicher Duft von feinem Leder verströmte Bettina, als wäre sie zum ersten Mal in ihrem Leben in ihrem richtigen Element.

Die Ereignisse des Morgens kamen ihr wie ein aufwühlender Traum vor. Sie fragte sich, wie lange es her war, seit sie ihr Hotel verlassen hatte, und versuchte zu erraten, wie spät es war. Dabei fiel ihr Blick auf die kleine Uhr, die ordentlich in der Lederpolsterung der Kutsche direkt vor ihr untergebracht war. Die Eignung dieses Objekts und alles um sie herum gaben ihr ein köstliches Gefühl der Anpassung an ihre Umgebung, das sie noch nie zuvor gehabt hatte.

Als sie in ihrem Hotel ausstieg, sagte der Lakai mit der gleichen Begrüßung unaussprechlichen Respekts, dass Seine Lordschaft ihm gesagt habe, er solle fragen, ob sie heute oder morgen weitere Bestellungen für die Kutsche habe. Sie lehnte das Angebot ab, fühlte sich aber trotzdem von der Aufmerksamkeit geschmeichelt.

Lord Hurdlys einzige weitere Anspielung auf ihr letztes Gespräch bestand darin, sie zu bitten, seinen Worten zumindest den Respekt für ein paar Tage Bedenkzeit zu erweisen. Er hatte von ihr erfahren, dass Horace nichts von ihrem Aufenthalt in England wusste und dass ihr eine ganze Woche zur Verfügung stand, bevor er sie dort treffen würde. Als er um einen Teil dieser Woche bat, um ihm die Gelegenheit zu geben, ihr zu beweisen, dass ihre Pflicht gegenüber Horaz und sich selbst den Bruch dieser falschen Verlobung erforderte, war sie von der Subtilität dieser Aussage hinreichend beeindruckt Berufung einlegen, seinem Antrag stattzugeben.

Zu ihrer Überraschung vergingen mehrere Tage, und er kam weder zu ihr noch zum Schreiben. Jeden Morgen wurde die Kutsche zum Hotel geschickt und der Diener kam zu ihrer Tür, um Befehle einzuholen, aber sie antwortete immer, dass sie diese nicht benötige. Außerdem gab es jeden Morgen ein üppiges Blumenangebot, die großartigen exotischen Blumen, die Bettina liebte – riesige, reichblättrige Rosen und grüne, durchscheinende Orchideen. Aber abgesehen davon drängte er sich ihr nicht in den Vordergrund – eine Tatsache, die sie ihm am ersten und zweiten Tag am meisten zutraute, am dritten Tag jedoch eine gewisse Abneigung gegen sie empfand.

In der Zwischenzeit war ihr von zu Hause aus ein Brief von Horaz gefolgt. Es war die kälteste Kälte, die sie jemals von ihm erfahren hatte, und veranlasste sie, intensiv über die mögliche Ursache seiner Kälte nachzudenken. Konnte es sein, fragte sie sich, dass Lord Hurdly Recht hatte, als er ihn launisch nannte? Hatte er – was natürlich möglich war – seine Begeisterung für sie abgekühlt und erkannte, dass sein überstürztes Engagement ein großer Fehler gewesen war, wie sie selbst erkannt hatte?

Zumindest diesen Punkt hatte Bettina eindeutig erreicht. Warum sollte sie also an ihrer Verpflichtung festhalten, obwohl sie wusste, dass ein solches Festhalten für ihn und nicht weniger für sie von Nachteil wäre?

Diese Argumente hätten sich bei ihr durchaus durchgesetzt, wenn nicht eines gewesen wäre. Dies war die Überzeugung, dass Horace sie wirklich liebte und unter ihrem Verlust leiden würde, obwohl sie durch Lord Hurdlys Bericht über ihn etwas erschüttert wurde.

Da Bettina der Zurückhaltung durch den Einfluss ihrer Mutter entzogen war, hatte sie rasch Fortschritte in Richtung Weltlichkeit und selbstsüchtigem Ehrgeiz gemacht, aber sie hatte ein Herz. Ihre Liebe zu ihrer Mutter hatte das deutlich bewiesen, wenn da nichts anderes gewesen wäre; Und nun wehrte sich ihr Herz gegen den Einfluss ihres Kopfes, der beschloss, dass nur ein Narr das große Glück, das ihr nun geboten wurde, ablehnen würde.

Tatsächlich war Bettina mehr von Ehrgeiz als von Liebe beeinflusst worden, als sie sich mit Horaz verlobte, und die Befriedigung eines weitaus größeren Ehrgeizes wurde ihr durch diese andere Ehe geboten. Auch die Liebe würde dabei nur eine geringe Rolle spielen, und dies empfand sie als entschiedenen Gewinn. Dennoch war sie den Gefühlen der Freundlichkeit und Loyalität, die sie durch die Lehren und das Beispiel ihrer Mutter gelernt hatte, nicht so sehr verfallen, dass sie nicht zögerte, den Mann zu verletzen und zu demütigen, der sie, wie sie immer noch glaubte, hingebungsvoll liebte. Hätte man beweisen können, dass sie sich in dieser Annahme geirrt hatte, wäre Lord Hurdlys Fall bereits gewonnen worden.

KAPITEL III

Am Ende setzte sich Lord Hurdly durch, und dieses Ende kam schneller, als Bettina es für möglich gehalten hätte. Sie hatte sich erlaubt, eine Woche in London zu warten, und die ersten ein oder zwei Tage dieser Woche fürchtete sie, Lord Hurdly könnte zu ihr kommen und die Auseinandersetzungen erneuern, gegen die sie unbedingt vorgehen wollte. Als die Tage vergingen und er nicht kam, begann sie zu befürchten, dass ihr die Gelegenheit zur endgültigen Entscheidung über die bedeutsame Frage ihrer Wahl zwischen diesen beiden Männern nicht noch einmal geboten werden würde. Ihre bessere Natur hielt sie immer noch an ihrem Versprechen gegenüber Horace fest, aber das hatte sie bereits gespürt, wenn nicht seine Enttäuschung über ihren Verlust gewesen wäre, hätte sie Lord Hurdlys Vorschlag angenommen, da er eine vollständige und sofortige Erfüllung ihrer ehrgeizigen Träume bot , und der andere verschob diese auf unbestimmte Zeit, während er in irgendeiner anderen Richtung vergleichsweise wenig versprach.

Gegen Ende der Woche rief Lord Hurdly an und sprach, ohne sich auf seine eigenen Hoffnungen und Absichten zu beziehen, mit offenbar erheblichem Zögern und Bedauern über den Charakter und die Lebensweise seines jungen Cousins, die er für bekannt erklärte , für alle außer Bettina, außerordentlich launisch – sogar leichtsinnig. Er verweilte bei der Bettina wohlbekannten Tatsache seines ernsthaften Wunsches, dass sein Cousin und Erbe heiraten sollte, und gab als Grund für diesen Wunsch an, was er für die anerkannte Tatsache erklärte, dass Horaz zu einer ausschweifenden Art neigte Er hoffte, dass die Ehe Abhilfe schaffen würde.

Arme Bettina! Sie hatte geglaubt, der junge Mann, dem sie sich verschrieben hatte, sei das genaue Gegenteil von all dem. Doch wie absolut unwissend sie über ihn war! Und der Rektor ihrer Kirche, der für ihn bürgen sollte, wusste in Wirklichkeit genauso wenig wie sie. Wie leicht hätte sie sich in ihm irren können! Und doch, und doch, da war eine leise, leise Stimme in ihrem Herzen, die sie in ihrem Entschluss bestärkte, an ihn zu glauben, bis sie den Beweis hatte, dass ein solcher Glaube unbegründet war.

„Mit seiner Vergangenheit habe ich nichts zu tun“, sagte sie mit einem gewissen Stolz zu Lord Hurdly . „Wenn es niedriger war als mein Ideal von ihm, bereue ich es; aber ich bin völlig sicher, dass er, seit er mich kennt und mein Versprechen gehalten hat, seine Frau zu sein, all dem treu geblieben ist, was dieses Versprechen von ihm verlangte.“

„Da dies Ihre Schlussfolgerung ist“, antwortete Lord Hurdly , „zwingen Sie mir die Notwendigkeit auf, Ihnen einen Brief zu zeigen, den ich heute von einem Freund in St. Petersburg erhalten habe und den ich ohne triftigen gegenteiligen Grund gerne hätte Ich habe Ihnen gerne die Mühe des Lesens erspart." Mit diesen Worten überreichte er Bettina einen Brief.

Es war mit einem ihr unbekannten Namen unterschrieben, aber offensichtlich im Ton und in der Art einer engen Freundin geschrieben. Auf den ersten ein oder zwei Seiten ging es um Angelegenheiten, die ihr völlig gleichgültig waren – öffentliche Angelegenheiten und dergleichen –, aber gegen Ende standen folgende Worte:

„Bist du so entschlossen wie eh und je, nicht zu heiraten? Schade, dass ein solch edler Name und ein so edles Vermögen wie Ihres nicht an einen Sohn von Ihnen weitergegeben werden, anstatt an jemanden, der, wie zu befürchten ist, wenig tun wird, um es zu ehren. Ich sehe ihn hier, am Hof und überall, wie er die eher wenig schmeichelhaften Vorhersagen, die ich vor langer Zeit über ihn gemacht habe, genau erfüllt. Es gibt eine Geschichte, dass er sich während seiner Reisen in Amerika verlobt und geheiratet hat, und ich höre, dass er dazu steht und davon spricht, dass seine *Verlobte dabei war* und auf dieser Seite geheiratet hat. Ich hoffe, dass es nicht so sein wird. Sicherlich spricht seine gegenwärtige Lebensweise gegen das Gerücht, es sei denn – eine Vermutung, die ich nur ungern glauben möchte –, er beabsichtigt, als verheirateter Mann die Gewohnheiten beizubehalten, die einem Junggesellen, wenn auch nicht einem Ehemann, so bereitwillig verziehen werden."

Es gab noch mehr, aber Bettina las nicht weiter. Das war genug. Sie hatte sich zu einem Fenster abgewandt, um diesen Brief unbemerkt von Lord Hurdly lesen zu können , der rücksichtsvoll ans andere Ende des Zimmers gegangen war.

Als sie schließlich auf ihn zukam und ihm den Brief zurückgab, war sie sehr blass, aber ihr Benehmen war ganz ohne Unentschlossenheit und ihre Stimme war entschlossen, als sie sagte:

„Ich danke Ihnen, Lord Hurdly , für den Dienst, den Sie mir erwiesen haben. Dieser Brief hat meinen künftigen Kurs deutlich gemacht. Ich werde deiner Cousine heute schreiben, dass zwischen uns alles zu Ende ist. Und jetzt wirst du so freundlich sein, mich zu verlassen? Ich möchte meine Vorkehrungen treffen, um sofort nach Amerika zurückzukehren."

Noch während sie diese Worte aussprach, wurde ihr die bittere Unfruchtbarkeit dieser Aussicht – das alte, langweilige Leben ohne die liebe Präsenz, die es allein und ausreichend beruhigt hatte – vor Augen geführt und entsetzte sie. Vielleicht sah Lord Hurdly in ihrem Gesicht eine Veränderung ihres Gesichtsausdrucks, die er als günstig für sich selbst ansah, denn er beeilte sich zu sagen:

„Würden Sie nicht, bevor Sie einen so überstürzten Schritt wagen, den Vorschlag bedenken, den ich Ihnen gemacht habe? Ich kann Ihnen die Substanz anbieten, von der der andere nur der Schatten war, und ich kann Ihnen die stabile und unveränderliche Hingabe eines Mannes versprechen, der lange genug gelebt hat, um seinen eigenen Geist zu kennen, und der Ihnen erklärt, dass Sie der Einzige sind Frau, die er schon immer in die Position seiner Frau stecken wollte."

Es war unmöglich, nicht ein gewisses Gefühl der Befriedigung über eine Hommage zu verspüren, von deren Aufrichtigkeit sie aufgrund ihrer eigenen Kenntnis der Tatsachen überzeugt war, aber Bettinas Herz und Verstand waren immer noch zu beschäftigt, um ihm auf die von ihm gewünschte Weise zu begegnen. Sie wiederholte ihre Bitte, er möge sie verlassen, und ihr Benehmen war so ernst und verzweifelt, dass er ihr nachkam, und hinterließ den Eindruck tiefster Fürsorge für sie und des ernsthaftesten Wunsches seinerseits, das Unrecht seines Verwandten zu sühnen hatte es ihr angetan.

Bettina warf sich auf die Lounge und überließ sich einem Weinanfall – so überwältigend, so verzweifelt, so herzzerreißend, dass sie kaum glauben konnte, dass sie, die geglaubt hatte, all ihre Kraft des tiefen Leidens sei erschöpft, es noch finden könnte Es liegt in ihr, sich so sehr um jeden anderen Kummer zu kümmern.

Das Schlimmste daran war, dass nun, da es ganz offensichtlich war, dass sie für immer von Horace getrennt war, der Charme seines Benehmens und Auftretens, die Zärtlichkeit seines Liebesspiels mit einer Macht zu ihr zurückkehrten, die sie nie zuvor auf sie ausgeübt hatten in Wirklichkeit. Sicherlich hatte es noch nie einen Mann gegeben, der zumindest dem Anschein nach offener, aufrichtiger, leidenschaftlicher und zutiefst verliebter war, als er ihr gegenüber gewesen zu sein schien. Das ließ seine Treulosigkeit noch größer erscheinen. Nur der Anblick dieses Briefes hätte sie dazu bringen können, es zu glauben; aber das, in Verbindung mit der Seltenheit und Kühle seiner letzten Briefe an sie, machte es nur allzu deutlich, dass die glühende Flamme seiner Liebe erloschen war und dass er seinen Ungestüm bereut hatte, jetzt, wo er Zeit zum Nachdenken hatte des Opfers, das es mit sich brachte.

Das war in der Tat großartig für einen Mann in seiner Position, ehrgeizig in seiner Karriere und mit dem Fuß bereits auf der Leiter, die zum Erfolg führte. Sie begann sogar zu zweifeln, ob er im Ernstfall seinen Verpflichtungen ihr gegenüber nachgekommen wäre.

Sie holte seine Briefe heraus und las sie noch einmal durch. Wie leidenschaftlich liebevoll waren die ersten – wie cool und eingeschränkt die neueren! Der Kontrast fiel ihr angesichts der jüngsten Ereignisse jetzt noch deutlicher auf. Es schien wirklich, als würde er versuchen, aus der Verlobung auszusteigen.

Bei diesem Gedanken kam ihr der Stolz zu Hilfe. Sie spürte, wie sie hart und kalt wurde, und ihre Fassung kehrte vollständig zurück. Sie würde ihn niemals wissen lassen, was sie gehört hatte, denn das könnte den Anschein erwecken, als hätte sie ihn aus Zwang aufgegeben. Sie setzte sich und schrieb schnell ein paar formelle Sätze, in denen sie sagte, dass sie sich in ihren eigenen Gefühlen getäuscht hatte und dass sie die Verlobung lösen wollte. Sie fügte hinzu, dass sie sofort nach Amerika zurückkehren würde, was sie zum Zeitpunkt des Schreibens dieses Briefes auch tatsächlich vorhatte.

Nachdem es gegangen war und sich auf dem Weg nach St. Petersburg befand, befiel sie ein Geisteszustand derart erbärmlichen Elends, dass der Gedanke an die endlosen Tage und Nächte müßiger Monotonie, die ihr bevorstehen würden, wenn sie nach Hause zurückkehren würde, und die … Die schreckliche Leere der Abwesenheit ihrer Mutter wurde unerträglich. Sie konnte es nicht tun. Sie muss einen Weg finden, diesem Schicksal zu entkommen.

Gerade als sie nach einem solchen Weg suchte, kam Lord Hurdly , um sie zu sehen. Die Flucht, die er anbot, enthielt viele Elemente, die für sie die größte Anziehungskraft ausübten. Da sie, wie sie glaubte, nicht glücklich sein konnte, warum sollte ihr das Leben dann nicht die Befriedigung verschaffen, die sich daraus ergibt, eine große Position zu bekleiden, die Gelegenheit, bewundert zu werden und einen mächtigen Einfluss auszuüben? Es war eine Aussicht, die sie schon immer bezaubert hatte; Und war es seltsam, dass sie sich jetzt, da sie keine andere Wahl hatte als einsame Isolation und bittere Müdigkeit, entschied, Lord Hurdlys Angebot anzunehmen ?

Und wenn es so sein sollte, welchen Grund gab es dann zu warten? Obwohl sie durch die Offenbarung von Horaz, die sie erhalten hatte, in ihrem Stolz verletzt war, genoss sie den Gedanken, auf einmal zu dem zu werden, was er ihr vorgeschlagen hatte – und bereute es anschließend. Sie war fest davon überzeugt, dass er Buße getan hatte, und ihr Blut schlug schneller, als sie an seine Bestürzung dachte, als er von dieser Heirat hörte. Sie wollte unbedingt, dass er sofort davon erfuhr.

Und das tat er tatsächlich. Nachdem er Bettinas Brief erhalten hatte, wurde ihre Heirat mit Lord Hurdly per Telegramm bekannt gegeben – nicht ihm, sondern über die Zeitungen.

Dann drang in sein Herz auch die überaus große Bitterkeit eines verlorenen Ideals. Sie wurde für ihn, wie er für sie geworden war, zum Bild gebrochenen Glaubens, launischer Gefühle und überheblichen weltlichen Ehrgeizes.

Doch im Herzen des Mannes, der ganz und gar geliebt hatte, wie Bettina es nie getan hatte, herrschte ein Gefühl, das ihn mit einer Überzeugung, von der er wusste, dass sie unabänderlich war, zu sich selbst sagen ließ, dass die Ehe nichts für ihn sei. Der jetzige Lord Hurdly hatte dasselbe gesagt und seine Meinung geändert. Er selbst wusste, dass er das nicht tun sollte, denn alle Liebe, die er zu empfinden vermochte, war der Frau geschenkt worden, die ihn verstoßen hatte.

KAPITEL IV

Hurdly hinter sich , und sicherlich hätten sich die ehrgeizigen Träume eines Mädchens kein brillanteres Erlebnis vorstellen können. Sie war viel zu unwissend gewesen, um sich solche subtilen Sinnesfreuden vorzustellen, die aus dem Reichtum und der Ansehen resultierten, die sie durch die Heirat mit Lord Hurdly erlangt hatte . Und über den bloßen sinnlichen Reiz hinaus, den das Tragen prächtiger Kleider und Juwelen auf sie ausübte und die ständige Umgebung mit Schönheitsgegenständen und Luxusartikeln, hatte sie die größere Freude, dass ihr fieberhaft aktiver Geist ständig mit einem Reiz versorgt wurde , die es jetzt mehr denn je brauchte. Dafür sorgten die unzähligen gesellschaftlichen Anforderungen, die an sie gestellt wurden, und die volle Kraft, die sie in sich verspürte, nicht nur glaubwürdig darauf zu reagieren, sondern auf eine Weise, die sogar Lord Hurdly über sie wundern ließ.

Zwar hatte sie keine soziale Ausbildung gehabt, und in einer weniger mächtigen Position hätte sie möglicherweise ihre Unwissenheit und Unfähigkeit unter Beweis gestellt, denn dann hätte sie eine persönliche Aufsicht über die Dinge übernehmen müssen, die sie jetzt völlig in Ruhe ließ und die als wesentlich galten getan werden, wurden getan — wie und von wem sie nicht fragte. Lord Hurdly hatte so lange ohne Frau die Geschäfte seines Hauses geführt, dass es für ihn selbstverständlich war, die Leitung der Haushaltsangelegenheiten mit Hilfe der erfahrenen Gehilfen, die in seinem Dienst standen, fortzusetzen; Daher hatte Bettina mit solchen Dingen nicht mehr zu tun, als wenn sie die Herrin eines königlichen Hauses geworden wäre. Zur richtigen Zeit zeigte sie sich an Lord Hurdlys Seite, und sie war schön genug und geistreich genug, um dieser hohen Position nicht nur alle Ehre zu machen, sondern ihr auch einen Ruhm zu verleihen, den er in seinem Herzen von keiner anderen Lady Hurdly kannte jemals getan hatte.

Dass sie es genoss, wer könnte daran zweifeln, dass sie Tag für Tag und Abend für Abend mit ihrer Anwesenheit die gesellschaftlichen Zusammenkünfte in ihrem eigenen prächtigen Haus und bei den neuen Bekannten verschönerte, die ihre Gesellschaft suchten und sie durch ihre Aufmerksamkeiten auszeichneten wohin sie auch gehen mag.

Da sie keine Erfahrung mit Reichtum hatte, schien es ihr nie in den Sinn zu kommen, dass dieser eine bestimmte Grenze haben könnte, und sie bestellte Kostüme und erfand Möglichkeiten, Geld auszugeben, was ihren Herrn manchmal überraschte, ihm aber auch gefiel. Sein Vermögen war so groß und schon so lange ohne solche Ansprüche, dass es für ihn eine Quelle echter Genugtuung war, zu sehen, dass Bettina wusste, wie sie ihre glänzende

Chance nutzen konnte. Abgesehen von einer Frau verfügte er bereits über alle Annehmlichkeiten, die seinem Namen und seiner Stellung Ehre machen konnten, und bei der Heirat mit Bettina war er vor allem von der Tatsache beeinflusst worden, dass sie in der Lage war, diesen einen Mangel mit einer Auszeichnung auszugleichen, die es sonst nicht gab Frau, die er je gesehen hatte, hätte diese Position verleihen können.

Für die Welt schien Bettina also vollkommen zufrieden zu sein, und im weltlichen Sinne war sie es auch. Auch in diesem Sinne schien Lord Hurdly mit seiner Ehe zufrieden zu sein. Niemand wusste, wie es in ihren Herzen mit ihnen war, und vielleicht gab es auch niemanden, der es wissen wollte. Das einzige Wesen, das diese Frage besonders interessierte, war sehr weit weg. Ungefähr zur Zeit der Heirat seines Cousins hatte er seine Position von Russland nach Indien verlegt, und Bettina hörte seinen Namen nie fallen, noch sprach sie ihn jemals aus.

Nach Ende der Londoner Saison waren Lord und Lady Hurdly von ihrem Stadthaus in den Familiensitz Kingdon Hall umgezogen. Hier hatte Lord Hurdly sie nach einem eintägigen Aufenthalt verlassen, um in einer öffentlichen Angelegenheit in die Stadt zurückzukehren; und so hatte sie zum ersten Mal seit ihrer Heirat ein paar Tage für sich. Später sollten sie das Haus mit Gästen füllen und danach einige Besuche machen; Daher war es unwahrscheinlich, dass sich diese Zeit der Einsamkeit bald wiederholen würde. Bettina war selbst überrascht, wie eifrig sie es umklammerte. In gewisser Weise ähnelte es dem Gefühl, das sie nach den seltenen und kurzen Trennungen von ihrer Mutter verspürt hatte – die Sehnsucht, zum Vertrauten und Gewohnten zurückzukehren. In etwa verspürte sie nun das gleiche Verlangen, wieder zu sich selbst zurückzukehren. Sie hatte ihren Teil zu diesem brillanten Festzug beigetragen wie eine Frau in einem Traum. Sie hatte es genossen, denn Macht und Bewunderung lagen ihr sehr am Herzen, und sie hatte ihre frischen Erstlingsfrüchte genossen . Aber sie war schon so lange nicht mehr sie selbst, hatte sich selbst nicht mehr ins Gesicht geschaut und ihr eigenes Herz erforscht, dass sie sich selbst nicht viel vertrauter kannte als die anderen brillanten Persönlichkeiten, die sich neben ihr über die überfüllte Bühne bewegten des Londoner Lebens.

Es war selbst ihr selbst unerklärlich, wie sehr sie sich über die Vorstellung dieser wenigen Tage der Stille und Einsamkeit freute. Nora, ihre alte Krankenschwester, war natürlich immer noch bei ihr, mit einem französischen Dienstmädchen, das ihr zur Seite stand und die wichtigen Funktionen der Toilette übernahm, von denen die ältere Frau nichts wusste. Dieses Dienstmädchen schickte Bettina in den Urlaub, damit sie nur Nora bei sich hatte.

Am Morgen nach ihrer Ankunft in Kingdon machte Bettina nach dem Frühstück in ihrem Zimmer einen Streifzug durch das Haus. Es kam ihr feierlich riesig und leer vor, und sie hätte sich oft verloren, wenn sie nicht hin und wieder einem höflichen Hausmädchen oder einem unterwürfigen Diener begegnet wäre, der ihre Fragen beantwortete und ihr erzählte, in welche Wohnungen sie sich verirrt hatte.

„Zeigen Sie mir den Weg zur Bildergalerie", sagte sie zu einem von ihnen, „und sagen Sie dann der Haushälterin, sie solle sofort zu mir kommen."

Am Abend zuvor hatte sie Gefallen an dieser weißhaarigen alten Frau gefunden, als Lord Hurdly die Diener ihrer neuen Herrin in der großen Halle vorgestellt hatte, wo sie alle versammelt waren , um sie bei ihrer Ankunft zu empfangen.

Nach wenigen Augenblicken befand sie sich allein in der stattlichen Galerie und ging von Bild zu Bild. Auf der einen Seite befand sich eine lange Reihe der Damen von Kingdon Hall, gemalt von zeitgenössischen Künstlern, von denen jede in ihrer Zeit berühmt war. Am Ende dieser Zeile war kürzlich ihr eigenes Porträt eingefügt worden, das von einem berühmten französischen Maler angefertigt wurde, der zu diesem Zweck nach London gekommen war.

Es war sowohl in seiner Art als auch in seinem Thema ein großartiges Ding, und das Kostüm, das Lord Hurdlys Geschmack für sie entworfen und ein französischer Hutmacher angefertigt hatte, war ein Wunder von reicher Wirkung. Als sie davor stehen blieb, öffneten sich ihre Lippen und sie flüsterte vor sich hin:

„Lady Hurdly – die gegenwärtige Lady Hurdly ! Und was ist aus Bettina geworden?"

Als sie sich diese Frage stellte, seufzte sie.

Ein plötzlicher Instinkt ließ sie weggehen. Sie wollte Lady Hurdly entkommen . Sie hatte heute die Chance, sie selbst zu sein, und sie verspürte den starken Wunsch, das Beste daraus zu machen.

Als sie ein Geräusch an ihrer Seite hörte, drehte sie sich um und sah das ernste, freundliche Gesicht der Haushälterin in ihrer Nähe.

„Guten Morgen, Mylady", antwortete sie sanft auf Bettinas freundliche Begrüßung. „Wird Ihre Ladyschaft keinen Schal haben? Dieser Raum ist immer kühl, egal wie das Wetter ist."

Bettina lehnte das Umhüllen ab, ging aber zum nächsten Bild über und bat die Frau, mitzukommen und als Cicerone aufzutreten.

"Wie heißt du? Ich sollte es wissen", sagte sie.

„ Parlett , gnädige Frau."

„Und wie lange lebst du schon hier, Parlett ?"

„Über vierzig Jahre, Mylady. Ich war zur Zeit des alten Herrn hier. Das ist sein Bild, mit seiner Dame daneben."

Bettina betrachtete interessiert die beiden bezeichneten Bilder.

„Es wird angenommen, dass er seiner jetzigen Lordschaft sehr ähnlich ist", sagte die Haushälterin.

„Ja, ich sehe es", sagte Bettina und verspürte den Instinkt, ihr Gesicht zu schützen. Hier waren die gleichen scharfen Augen, der gleiche entschlossene Kiefer, die gleichen dünnen Lippen und die harten Linien um den Mund. Nur im älteren Gesicht waren sie noch stärker ausgeprägt, und statt der nicht unschönen dünnen Haarpracht, die sich bei dem Sohn zeigte, gab es eine offene Glatze, die seine Gesichtszüge noch härter machte.

Bettina wandte sich eilig von der Betrachtung dieses Porträts ab und wandte sich an seine Begleiterin. Hier traf sie auf ein Gesicht und eine Gestalt, die wahrhaftig weiblich waren, wenn mit Weiblichkeit völlige Unterwerfung und Selbstverleugnung gemeint ist. Die arme kleine Dame wirkte geduldig und hoffnungslos, und ihre abwertende Miene schien die letzte auf der Welt zu sein, die geeignet war, sich gegen einen solchen Herrn zu behaupten. Dass sie es nicht getan hatte – ihre völlige Hingabe an Geist, Seele und Körper –, schien das Bild eine klare Darstellung zu sein.

"Arme Frau! „Sie sieht aus, als hätte sie gelitten", sagte Bettina.

„Oh ja, Mylady", antwortete Parlett , als wäre er zwischen der Neigung zum Reden und der Pflicht zum Schweigen hin- und hergerissen.

„Sie war also unglücklich?" sagte Bettina. „Sie brauchen nicht zu zögern, zu antworten. Seine Lordschaft hat mir gesagt, was für ein vertrauenswürdiger Diener der Familie Sie sind, und ich werde Sie als solchen behandeln. Du brauchst keine Angst zu haben, ganz offen mit mir zu sprechen."

„Ja, meine Dame, sie hatte viel Traurigkeit in ihrem Leben", fuhr die Haushälterin so ermutigt fort. „Sie hatte sechs Töchter, bevor sie einen Sohn bekam, und das war natürlich eine Enttäuschung für Seine Lordschaft. Eines nach dem anderen starben diese Kinder, was Ihre Ladyschaft sehr betrübte, denn sie war eine sehr hingebungsvolle Mutter. Seine Lordschaft hatte nie viel von ihnen Notiz genommen, da sie wütend darüber war, dass sie keinen Erben hatten, und das machte meine Dame umso vertrauenswürdiger. Sie war selbst schwach konstitutionell und die Kinder waren kränklich. Schließlich wurde jedoch ein Erbe geboren, doch Ihre Ladyschaft starb bei seiner Geburt. Es schien doch schade, Mylady, nicht wahr? Denn Seine Lordschaft war sehr zufrieden mit dem Erben, und natürlich wäre meine Dame danach viel glücklicher gewesen."

Bettina antwortete nicht. Die offensichtliche Vernünftigkeit der Position des Vaters machte es dieser guten und sanften Frau in den Augen dieser guten und sanften Frau unmöglich, sich ohne Widerspruch zu einer solchen Gräueltat zu äußern, wie Lord Hurdlys Haltung ihr vorkam. Also entfernte sie sich, und die Frau verstand den Hinweis und sagte nichts mehr.

In einiger Entfernung, am Ende des langen Raumes, hatte sie einen Gegenstand erblickt, der ihr Herz schneller schlagen ließ. Sie warf nur einen kurzen Blick darauf und wandte sich dann wieder dem Bild zu, vor dem sie stand. Aber sie hatte Horace Spotswood in dem großen, vielleicht fünfzehnjährigen Jüngling erkannt, der in Reitkleidung an der Seite eines scharrenden Schimmels stand.

Als sie in regelmäßigen Abständen dorthin gelangte, hatte sie ihre Ruhe wiedergewonnen und sich für ihren weiteren Weg entschieden.

„Und wer ist dieser hübsche Junge?" sagte sie mit vollkommener Selbstbeherrschung, als sie vor der großen Leinwand standen.

„Und wer ist dieser hübsche Junge?"

„Das ist Mr. Horace, Mylady", sagte die Frau, und ein plötzlicher Ausdruck von Gefühl vermischte sich mit der Ehrerbietung in ihrer Stimme, während ihr Blick liebevoll auf dem Bild verweilte.

Und wer könnte sich darüber wundern? Sicherlich hatte man noch nie einen gewinnenderen Jungen gesehen. Er war schon damals groß und wirkte in seinem Reitmantel und der Reithose seltsam schlank, im Gegensatz zu dem breitschultrigen Körperbau, den sie in letzter Zeit so gut kannte. Aber die Augen waren genau die gleichen – direkte, offene, eifrige Augen, die einen direkt ansahen und von einem zu verlangen schienen, im Gegenzug ebenso offen und offen zu sein.

Hätte Bettina die Welt erforscht, hätte sie, wie sie wusste, keinen bedeutsameren Kontrast gefunden als den Vergleich der ehrlichen Augen mit den vorsichtigen, kalten, unergründlichen, in die sie jetzt so oft blicken durfte.

„Kennen Sie ihn schon lange?" fragte sie freundlich, während die Frau schwieg.

„Oh, seit er ein kleiner Junge war, Mylady! Wir alle lieben Mr. Horace hier. Er ist der hübscheste und freundlichste junge Herr der Welt, und er ist so gut zu mir, dass ich meinen eigenen Sohn nicht lieber haben könnte, ganz zu schweigen von dem Unterschied, meine Dame."

Bettina bemerkte in der Stimme der Frau einen Ton des Bedauerns und, so dachte sie, auch den Versuch, ihn zu verbergen. Wenn es in ihrem eigenen Herzen ein ähnliches Gefühl wie dieses Bedauern gab, musste sie es ebenfalls verbergen. Diese Anspielungen auf den hübschen, enthusiastischen jungen Mann, dem sie sich zur Ehe versprochen hatte, hatten sie zutiefst bewegt. Die Vorstellung, dass irgendjemand, egal ob Diener oder ihm ebenbürtig, zu irgendeinem Zeitpunkt seines Lebens auf diese Weise über den Mann sprach, der ihr Ehemann war, löste in ihr ein nervöses Verlangen zum Lachen aus. Es folgte ein ebenso nervöser Impuls zu weinen.

Sie ging vor der Haushälterin her und verschaffte sich so einen Augenblick Gelegenheit, ihre Selbstbeherrschung wiederherzustellen, und sie nutzte sie gut aus.

„ Parlett ", sagte sie plötzlich, „ich möchte nicht, dass Sie denken, dass ich Herrn Spotswood durch meine Heirat mit Lord Hurdly Schaden zugefügt habe." Trotz ihres Willens zitterte ihre Stimme bei dem Namen.

„Oh nein, Mylady –", begann Parlett , aber ihre Herrin unterbrach sie und sagte schnell:

„ Natürlich wusste er immer, dass seine Lordschaft heiraten könnte, und konnte auf eine solche Möglichkeit nicht unvorbereitet sein; Damit er jedoch in dieser Hinsicht keinen Unterschied in seiner gegenwärtigen Lage verspürt, hat Lord Hurdly ihm ein wirklich ansehnliches Vermögen zugesprochen – nicht nur das Einkommen, sondern auch den Kapitalbetrag. Ich sage Ihnen das, damit Sie verstehen, dass es ihm finanziell nicht schlechter geht, weil sein Cousin mich geheiratet hat."

"Ja meine Dame. Ich verstehe, meine Dame. „Danke, dass Sie es mir erzählt haben ", sagte er Parlett , etwas nervös. " Natürlich Jeder weiß, dass Sie ihm keinen Schaden zugefügt haben, Mylady, und wir wussten natürlich, dass Seine Lordschaft das Schöne an ihm tun würde."

Irgendwie berührten diese höflichen, beruhigenden Worte schmerzlich Bettinas Bewusstsein. Als diese Frau so zuversichtlich davon sprach, dass Lord Hurdly seinem ehemaligen Erben das Schöne getan hatte, empfand sie es als eine hohle Hommage an eine konventionelle Loyalität, und die Gewissheit, dass klar war, dass sie ihm selbst keinen Schaden zugefügt hatte, ging ihr ebenfalls auf die Nerven . Jetzt, da sie ganz allein war und die Freiheit hatte, über Dinge nachzudenken, wovor sie bisher zurückgeschreckt war und was sie in der Hektik der Londoner Saison hatte vermeiden können, verspürte sie ein so ernstes Gewissen gegenüber Horace deprimierte sie.

Sie entließ die Haushälterin, setzte einen Sonnenhut auf und machte einen Spaziergang im Park. Wie schön war es! Was für Sträucher, was für Bäume, was für Wellen üppiger smaragdgrüner Rasen! Sie hatte nicht das geringste Gefühl, dass sie überhaupt ein Recht auf alles hatte. Aber wie muss ein Geschöpf es lieben, das seine edlen Schönheiten von der Kindheit bis zur Jugend und weiter bis ins Mannesalter betrachtet hat, in dem Glauben, dass es eines Tages sein eigenes sein würde! Sie konnte das Gefühl nicht unterdrücken, dass sie diesem Unrecht getan hatte, weil sie ihm durch ihre Heirat solch ein Vermögen und eine solche Position entziehen sollte, und tief, tief in ihrem Bewusstsein hatte sie eine düstere Angst, dass, wenn alles verborgen bliebe enthüllt werden könnte, könnte sich zeigen, dass sie ihm in einem schärferen Sinne auch Unrecht getan hatte.

Denn die Ehe war für Bettina in vielerlei Hinsicht eine Erleuchtung gewesen. Die Offenbarung ihres eigenen Herzens, die es ihr gegeben hatte, war etwas, vor dem sie mit aller Kraft die Augen verschließen wollte. Zweimal hatte sie der Idee zugestimmt, ohne Liebe zu heiraten. Einmal hatte sie das tatsächlich getan. Nur ihr eigenes Herz wusste, welche Konsequenzen dies für sie gehabt hatte. Aber über eines hatte sie sich oft gefreut. Das bedeutete, dass sie keine lieblose Ehe mit einem Mann eingegangen war, der sie so geliebt hatte, wie sie geglaubt hatte, dass Horaz es getan hatte, als er sie so leidenschaftlich umworben hatte. Von solch einem Unrecht könnte sie befreit werden!

Während ihre Gedanken nun bei Horace und den Umständen ihrer kurzen gemeinsamen Vergangenheit verweilten, kam ihr im Gegensatz zu ihren jüngsten Erlebnissen die Erinnerung an seine ehrliche, zärtliche und selbstvergessene Haltung ihr gegenüber halb wehmütig in den Sinn. Lord Hurdlys Verhalten ihr gegenüber hatte sich tatsächlich seit der Stunde ihrer Hochzeit verändert. Er hatte nicht mehr die Miene eines besorgten Verehrers, sondern nahm sofort die eines selbstsicheren Ehemanns und Herrn an. Es ließ sie darüber nachdenken, was sie über seinen Vater und die Geschichte seiner armen kleinen Mutter gehört hatte. Nicht, dass sie sich vorstellen könnte, unter irgendwelchen Umständen eine Griselda zu werden; obwohl sie ihn sich problemlos in der *Rolle seines Vaters vorstellen konnte* .

Aber welches Recht hatte sie, fragte sie sich, zu erwarten, dort zu ernten, wo sie nicht gesät hatte? Sie hatte wegen Geld und Stellung geheiratet, und sie hatte sie bekommen. Was hatte sie mehr erwartet?

Mehr vielleicht nicht; Aber in einem Punkt war sie enttäuscht gewesen — nämlich in der Macht dieser Dinge, ihr das zu geben, wonach sie sich sehnte und was sie nur unter dem unbestimmten Begriff „Glück" definieren konnte.

KAPITEL V

Bettinas Gespräch mit Parlett hatte sie dazu veranlasst, sehr aktiv in eine Richtung zu arbeiten, in die sie sich zuvor noch nie verirrt hatte. Der Gedanke an Horace löste in ihr immer ein Gefühl von Schmerz und seelischem Unbehagen aus, das sie instinktiv abschütteln wollte; und in dem ruhelosen Wirbel des Londoner Lebens, der ihr kaum Zeit zum Nachdenken ließ, fiel es ihr nicht schwer, dies zu tun.

Jetzt blieb ihr jedoch nichts anderes übrig, als nachzudenken und sich mit ihren neuen Besitztümern vertraut zu machen, wobei letztere Beschäftigung einen starken Anreiz für erstere darstellte. Es gab viele Verbindungen zu Horace in Kingdon Hall. Es war außergewöhnlich, wie viele Dinge, die er ihr im Zusammenhang mit diesem Ort erzählt hatte, ihr wieder einfielen. Sie erkannte ständig Bilder oder Personen oder Namen, mit denen er sie vertraut gemacht hatte. Bei den Personen handelte es sich natürlich um Diener, Verwalter, Pächter und dergleichen, denn sie hatte keine anderen gesehen. Selbst als sie über den Rasen lief, hatte sie seine Initialen in Bäumen gefunden, und die Hunde, die sie begleitete, wenn sie spazieren ging, trugen Namen an ihren Halsbändern, die sie kannte. Es gab eine, eine prächtige Deutsche Dogge, die neben seinem eigenen auch Horaces Namen trug. Von diesem Hund, Genosse, hatte Horace mit besonderer Zuneigung sprechen hören.

Zwar war Kingdon Hall nie das Zuhause von Horace gewesen, aber er war mit dem Gedanken aufgewachsen, dass es so sein könnte, und seit er erwachsen geworden war, hatte er sich fast sicher gefühlt, dass es so sein würde. Sein ganzes Leben lang hatte er die Gewohnheit gehabt, hierher zu kommen, und der Eindruck, den er hinterlassen hatte, überraschte Bettina fast.

Der Ort, an dem dieser Eindruck am stärksten war, waren die Herzen der Diener. Bettina hatte sich durch Nora davon überzeugt. Die hingebungsvolle Dienerin, deren einziges Lebensziel es war, ihrer geliebten Herrin zu dienen, hatte sich auf Bettinas Befehl über diesen Punkt informiert und alles, was sie im Dienstbotensaal gesammelt hatte, an Bettina in ihrem Zimmer weiterverkauft. Nora war, wie alle anderen auch, von Horaces Art und Aussehen überzeugt gewesen, aber als ihre Geliebte sich von ihm zurückgezogen hatte, hatte sie natürlich keine andere Idee, als die veränderten Bedingungen zu akzeptieren. Dennoch war sie innerlich erfreut, als Bettina ihr erklärte, wie sehr sie darauf bedacht sei, alles über Mr. Horace zu erfahren, was sie konnte, damit sie keine Gelegenheit verpasste, sein Interesse an Lord Hurdly zu fördern und ihn soweit wie möglich wieder gutzumachen möglich, weil er ihn durch die Heirat mit seiner Cousine in seinen weltlichen Aussichten enttäuscht hatte.

Dass er sie für jedes andere ihm angetane Unrecht zur Rechenschaft ziehen konnte, gab sie nicht zu. Manchmal klopfte die Erinnerung an seine frische und lebensfrohe Jugend, die in so starkem Kontrast zur abgestumpften Reife seines Cousins stand, an die Tür ihres Herzens, und die glühenden Äußerungen seiner anbetenden, leidenschaftlichen Liebe zu ihr hallten dort mit einer Deutlichkeit wider, die verblüffte ihr.

Sicherlich hatte er sie geliebt – daran konnte sie nicht zweifeln. Aber wenn seine Liebe so gering gewesen war, dass ein paar Monate der Abwesenheit sie abgekühlt hatten, und von so schlechter Qualität, dass so bald eine neue Laune an ihre Stelle getreten war, dann war sie sie gut los. Der Brief, den Lord Hurdly ihr vorgelegt hatte, bezeugte dies zur Genüge, und sie musste sich vor der Torheit sentimentaler Reue hüten.

Es war nicht Horace, den sie bereute. Es war nur das Ideal der Liebe zwischen Mann und Frau, das ihr der kurze Verkehr mit ihm vor Augen geführt hatte. Seitdem hatte sie die Liebe in einer anderen Gestalt gesehen – oder das, was man Liebe nannte – und sicherlich musste der Kontrast eine tiefere Wurzel gehabt haben als der bloße Unterschied zwischen Jugend und mittlerem Alter.

Es kam nicht oft vor, dass Bettina sich erlaubte, an diese Dinge zu denken. Aber jetzt, in ihrer Einsamkeit und ihrem Müßiggang, würden Visionen von der eifrigen Geliebten kommen, stark wie ein junger Narziss, der die Liebe in einer so einfachen, heilsamen Gestalt darstellte – oder zumindest schien es so. Dann schüttelte sie das Bild ab und redete sich ein, dass es nur ein Schein war, wie das Ergebnis bewiesen hatte, und bezichtigte sich selbst der Schwäche und Sentimentalität. Diese Gedanken wurden langsam unbequem. Sie verfolgten sie allzu hartnäckig, und schließlich begann sie, sich die Zeit herbeizuwünschen, in der ihre Tage wieder zu voll mit Verpflichtungen sein würden, als dass sie sich solchen törichten Gedanken hingeben könnte.

Die Wahrheit war, dass tief in Bettinas Herzen eine Angst herrschte, die sie in keiner wachen Stunde ganz unterdrücken konnte. Sie konnte und weigerte sich, es anzuerkennen, nicht einmal in ihrer eigenen Seele; Aber da war es, und da blieb es, immer wieder aufzustehen und sie mit der finsteren Möglichkeit, die es andeutete, fast zu ersticken.

Diese Angst beruhte auf der klareren Kenntnis von Lord Hurdlys Charakter, die sie seit ihrer Heirat erlangt hatte. Sie hatte in ihm den unerbittlichen Entschluss gefunden, im Leben zu erreichen, was er wollte, was ihn, soweit sie wusste, mehr als einmal skrupellos gemacht hatte, was die Mittel anging, die er zur Durchsetzung seiner Ziele einsetzte. Dies war es, der ihr die schreckliche, wenn auch entfernte Möglichkeit eingeflößt hatte, dass er in seinen Darstellungen von Horaces Wesen und Charakter irgendwie unaufrichtig gewesen sein könnte.

Aber dann war da noch der Brief seiner Freundin, den sie mit eigenen Augen gesehen hatte, mit dem ihr so vertrauten St. Petersburger Zeichen auf dem Umschlag und der von einer Person geschrieben worden war, die nicht hätte wissen können, dass sie es tun würde jemals sehen. Sicherlich reichte das aus, um alle Zweifel am Charakter und Verhalten des Mannes auszuräumen, dem sie sich zum ersten Mal verpflichtet hatte, und sie hatte zumindest die Genugtuung zu wissen, dass ihrem jetzigen Ehemann keine derartigen Fehler vorgeworfen werden konnten . Seine Gleichgültigkeit gegenüber ihrem Geschlecht war in der Gesellschaft sprichwörtlich, und dass sie als einzige von allen Frauen, die er gesehen hatte – von denen sich so viele offen für ihn interessiert hatten – in der Lage gewesen war, seine Abneigung gegen die Ehe zu überwinden, war eine Hommage an sie Sie konnte nicht umhin, einen gewissen Stolz zu verspüren, umso mehr, als sie jeden Tag neue Beweise für seine Sorgfalt und Wichtigkeit sah.

Also unterdrückte sie diesen Schreckensvorschlag und zwang ihre Gedanken in andere Bahnen. Dies ließe sich leichter bewerkstelligen, wenn ihr Körper aktiv eingesetzt wurde; Deshalb unternahm sie lange Ausritte zu Pferd, begleitet von einem Pferdeknecht, oder lange Spaziergänge im Park allein. Bei diesen Spaziergängen begleitete sie oft Horaces großer Hund Comrade. Das Geschöpf hatte Gefallen an ihr gefunden, was sie auf seltsame Weise zu trösten schien.

Abgesehen von diesen Zerstreuungen hatte sie jeden Tag ihre große Korrespondenz zu erledigen; denn in ihrer wichtigen Position hatte sie natürlich unzählige Berührungspunkte mit der Welt geschaffen.

So verging die Zeit bis zu Lord Hurdlys Rückkehr, und am darauffolgenden Tag war Kingdon Hall voller Gäste. Danach gab es für die Herrin nur wenige Momente des Nachdenkens, da die Pflicht, die Ehre dieses großen Establishments zu erweisen, ihre ganze Zeit in Anspruch nahm.

KAPITEL VI

Bettina liebte diese Kraft und Bedeutung. Das Drama ihres gegenwärtigen Lebens war wie die Entfaltung einer wunderschönen Reihe von Bildern vor ihren Augen, die sie sich in ihrer Fantasie ausgedacht und die das Wort eines Zauberers in die Realität umgesetzt hatte. Die überfüllten Veranstaltungen der Londoner Saison hatten sie etwas belastet, obwohl sie es sich nicht ganz eingestehen musste; aber hier war sie das Zentrum des Systems, das Licht, um das sich diese geringeren Lichter drehten, und sie schien unter diesen Bedingungen mit einem gesteigerten Glanz zu strahlen. Ihre Manieren, die sich von denen der Frauen um sie herum unterschieden, schienen durch den Kontrast eher zu gewinnen als zu verlieren, und ihre Kostüme schienen sowohl in ihrer Vielfalt als auch in ihrer Schönheit endlos zu sein. Sicherlich wirkte sie so, als wäre sie in den Purpur geboren, und der Stolz ihres Mannes auf sie war unbestritten, wenn auch unausgesprochen.

Bettina war sich bewusst, dass dieser Stolz sein stärkstes Gefühl ihr gegenüber war, und sie war durchaus bereit, dies zuzulassen. Wenn es ihr schwer gefallen wäre, sich in einen Jugendlichen zu verlieben, der Dianas Herz hätte erschüttern können, hätte sie sich wahrscheinlich nicht in den kühlen, zynischen, schmalbrüstigen, dünnhaarigen Mann verliebt, den sie noch spüren konnte ein gewisser Stolz darauf, ihr Ehemann zu sein, da sein Aussehen, nicht weniger als sein Name, herausragend war. Sie hatte schon immer die Theorie gehabt, dass sie niemanden außer ihrer Mutter zutiefst lieben würde, und ihre beiden Erfahrungen in der Lotterie der Ehe, so unterschiedlich sie auch waren, überzeugten sie davon, dass ihr Wissen über sich selbst richtig gewesen war. Sie war froh darüber. Der heiße Schmerz, der ihr beim Gedanken an ihre Mutter manchmal sogar das Herz zusammenzog, ließ sie inständig hoffen, dass sie nie wieder lieben würde. Die Freude darüber konnte den Schmerz nicht wert sein.

Als Lady Hurdlys Hausparty zu Ende ging, unternahm sie mit ihrem Mann eine Besuchsrunde in anderen Landhäusern. Diese Phase der Gesellschaft gefiel ihr und sie stürzte sich voller Begeisterung in sie. Aber gegen Ende wurde sie dieser Besuche überdrüssig, so wie sie London überdrüssig geworden war, und war froh, nach Kingdon Hall zurückzukehren . Doch statt Ruhe empfand sie Unruhe, und die beunruhigenden Gedanken, die sie zuvor unterdrückt hatte, kehrten mit noch größerer Kraft zurück. Es war eine Erleichterung für sie, daran zu denken, ins Ausland zu gehen – Lord Hurdly hatte Pläne gemacht, einige Monate des Winters auf dem Kontinent zu verbringen.

Mit diesem Plan war eine instinktive Angst verbunden: die Möglichkeit, dass sie zufällig Horace begegnen könnte. Sie hatte wenig Angst, dass er nach

England kommen würde. Was würde es für eine Rolle spielen, wenn sie ihn treffen würde? Eigentlich hatte er ihr nie etwas bedeutet, versicherte sie sich selbst, und in Wirklichkeit war sie ihm ganz sicher genauso wenig gewesen. Dennoch fürchtete sie sich unangemessen vor einem solchen Treffen mit ihm und wollte unbedingt wissen, wo er war.

Dementsprechend fragte sie Parlett eines Morgens ganz beiläufig, ob sie jemals etwas von Mr. Horace gehört hätte.

„Oh ja, meine Dame; er schreibt mir ab und zu", antwortete die Haushälterin. Bettina hatte nicht erwartet, das zu hören; Ihr einziger Gedanke bestand darin, einige vom Hörensagen gewonnene Informationen herauszuholen.

„Er ist in St. Petersburg?" fragte sie gleichgültig.

„Nein, meine Dame; bei Simla ", war die unerwartete Antwort. „Er ist schon eine ganze Weile dort. Ich hatte neulich eine Broschüre von ihm. Wenn er keine Zeit hat, meine Briefe zu beantworten, schickt er mir oft einen Aufsatz oder etwas Ähnliches, um mir zu zeigen, was er getan hat. Ich kann sie nicht immer verstehen, aber er weiß, dass ich sie gerne habe, nur weil er sie geschrieben hat."

Bettina wollte ihre Unwissenheit nicht zeigen, also sagte sie nicht, dass sie nicht wisse, dass er jemals zur Veröffentlichung geschrieben habe, und als Parlett ihr dann anbot, die Broschüre zu lesen, sagte sie mit gleichgültiger Freundlichkeit:

„Ja, bringen Sie es mir auf jeden Fall. Ich bin sehr froh, dass Mr. Horace seinen Verkehr mit dem alten Ort fortsetzt, der natürlich noch immer sein sein könnte. Ich werde mich dafür interessieren, was er schreibt."

Sie fuhr fort, von bestimmten Veränderungen zu sprechen, die sie in einigen Schlafgemächern vorgenommen hätte, und entließ dann ihre Haushälterin mit etwas weniger als ihrer üblichen Freundlichkeit.

Bettina verspürte ein starkes Verlangen, allein zu sein. Diese Neuigkeiten von Horace, so unbedeutend sie auch waren, hatten sie beunruhigt. Tatsächlich wuchs mit der Zeit und dem zunehmenden Wissen über Lord Hurdly die Angst, dass er seiner Cousine oder sich selbst gegenüber unaufrichtig gehandelt haben könnte. Sie sah jeden Tag Beweise für die Rücksichtslosigkeit, mit der er Menschen und sogar Prinzipien opferte, um seine Ziele zu erreichen. Im Lichte dieses Wissens erkannte sie, wie seine Begegnung mit ihr ihn in seiner gewohnten Ruhe und Gelassenheit gestört hatte, und argumentierte aus dieser Tatsache, wie wichtig es für ihn gewesen sei, sein Ziel, sie zu seiner Frau zu machen, zu erreichen.

Inmitten dieser Überlegungen klopfte ein Hausmädchen mit einigen gefalteten Papieren auf einem Tablett an ihre Tür.

„Wenn es Ihnen recht wäre, Mylady, schickt Ihnen Mrs. Parlett diese", sagte sie.

Sie war ein süßes englisches Mädchen mit rosigen Wangen, sanfter Stimme und sehr hübschem Benehmen, und im Moment war sie leicht erregt über das Privileg, mit ihrer Dame zu sprechen, mit der sie, wie auch alle anderen Dienstmädchen, sprechen durfte , gilt als eine Art Kreuzung zwischen Engel und Göttin.

Bettina bedankte sich mit einem freundlichen Lächeln, das sie vollkommen glücklich nach Hause schickte; Dann öffnete sie in der Privatsphäre ihres eigenen Zimmers die Papiere. Eine davon war eine diplomatische Broschüre zu einer öffentlichen Frage im Rahmen der beruflichen Arbeit des Schriftstellers. Der andere war ein Artikel, der sich sehr ausführlich mit der Frage befasste, wie man die damals in Indien herrschende Hungersnot am besten lindern könne.

Es kam Bettina so vor, als hätte sie vage gehört, dass es eine solche Hungersnot gab, aber sie hatte nicht mehr als ein freundliches, beiläufiges Interesse daran empfunden, dass es sich um eine unglückliche Angelegenheit handelte, für die sie nichts tun konnte. Als sie nun jedoch den Bericht las, den dieses Papier enthielt, und die Zeilen, denen es in dem Bemühen, Hilfe zu leisten, folgte, brannte ihr das Herz in ihr. Hier war ein Mann, der nicht mehr Macht hatte als sie selbst, um Geldhilfe zu leisten – vielleicht sogar viel weniger. Doch wie sehr investierte er seine Seele, seine Kraft, seine Zeit, sein Talent, seinen ganzen Herzschlag in die Bemühungen, diesen sterbenden Tausenden zu Hilfe zu kommen! Niemand, der die pochenden Sätze dieses Artikels liest, könnte an dem ernsthaften Wunsch des Autors zweifeln, zu helfen, oder an seiner Fähigkeit, die Herzen und den Willen anderer zu bewegen, ihm zu Hilfe zu kommen. Es wirkte seltsam auf sie.

Wie viel Geld konnte sie in die Hände bekommen? Sie hatte keine Ahnung, aber sie würde es sich zur Aufgabe machen, es herauszufinden. Da war ihr eigenes kleines Einkommen, das sie seit ihrer Heirat nicht berücksichtigt hatte, und da war das Geld, das Lord Hurdly ihr auf der Bank gutgeschrieben hatte. Sie würde alles bekommen, was sie konnte, und es – natürlich anonym – an den Hungerfonds schicken, von dem sie beiläufig gehört hatte. Aber oh, was für ein erbärmliches Opfer schien es im Vergleich zu dem, was dieser Mann mit solch verschwenderischer Selbsthingabe darbrachte! Aus der Inbrunst seiner gedruckten Worte und seinem Bericht über das bisher Erreichte erkannte sie, dass die wahre Leidenschaft seines Herzens darin steckte. Von seinem leidenschaftlichen Temperament und seinem schnellen Mitgefühl wusste sie aus eigener Erfahrung. Vielleicht waren es genau diese Eigenschaften, die ihn zu dem Verhalten geführt hatten, das sie getrennt hatte.

Bei diesem Gedanken stieg in ihrem Herzen erneut der schwache Verdacht auf, dass er ihr gegenüber falsch dargestellt worden war; aber sie unterdrückte es. Das wäre zu schrecklich. Abgesehen von den abscheulichen Selbstvorwürfen, die auf das Eingeständnis dieses Zweifels folgten, gab es noch ein weiteres Argument dagegen, das sie noch immer fest im Griff hatte. Sie hatte sich an ihre herausragende Stellung in der gesellschaftlichen Welt gewöhnt und ihr angeborener Instinkt für Macht und Bewunderung wurde durch die Brillanz ihrer gegenwärtigen Umstände auf köstliche Weise befriedigt. Sie fand es sehr angenehm, Lady Hurdly zu sein , trotz allem, was dieser Name und Titel implizierten, und selbst in diesem Moment solch ungewöhnlicher Emotionen verlor sie diese Tatsache nicht aus den Augen.

Doch die Lektüre dieses kleinen Papiers hatte in Bettinas Herzen ein Gefühl geweckt, das sie so lange nicht mehr gespürt hatte – eine sehnsüchtige Zärtlichkeit für etwas außerhalb ihrer selbst: eine Sehnsucht danach, dass ihre Gesundheit und Kraft anderen, denen diese Segnungen fehlten, von Nutzen sein könnte. Es war vergleichbar mit der Emotion, die sie am Sterbebett ihrer Mutter empfunden hatte, und als sie über sie hinwegkam , weinte sie, wie sie es nicht mehr getan hatte, seit sie neben diesem heiligen Ort gekniet hatte.

Instinktiv fiel sie nun auf die Knie. Sie versuchte zu beten – aber wofür? Sie war nicht in der Lage, ein Gebet zu formulieren oder einen konkreten Wunsch zu formulieren. Alles, was sie tun konnte, war, zu Gott zu beten – dem Gott, auf den ihre Mutter vertraut hatte –, ihr dieses Ding zu geben, diesen unbekannten Segen, von dem er wusste, dass sie ihn leidenschaftlich brauchte.

Als sie sich von den Knien erhob, legte sie die Hände an den Kopf und blickte sich um, indem sie fest die Schläfen drückte, als ob sie nach einem Gegenstand suchte, der ihr helfen könnte, ihre eigene Stimmung zu verstehen. Dann fuhr sie mit den Fingern durch den Kragen ihres Kleides und zog an einer dünnen Kette ein kleines Medaillon heraus, das das Bild ihrer Mutter und eine Locke ihres weißen Haares enthielt. Es war eine Art Talisman, dessen bloße Berührung ihr ein Gefühl von Trost verschaffte. Sie öffnete es jetzt nicht, sondern hielt es zwischen ihren Handflächen und drückte ihre Wange dagegen, während sie allein dastand, und plötzlich flüsterte sie:

„Was ist los, Mutter Liebling? Was willst du mir offenbar sagen? Oh, wenn du jemals mit mir sprechen kannst, dann sprich jetzt, und ich werde zuhören, wie ich es nicht getan habe, als du hier neben mir warst! Es gibt etwas, das ich tun sollte, und ich tue es nicht. Ich tue etwas, das Sie beunruhigt. Das ist das Gefühl, das ich habe. Oh, meine Mutter – meine schöne, kostbare, gute, gute Mutter – wenn ich dich hier hätte, würdest du mir sagen, was ich tun sollte – und ich würde es tun!"

Sie hörte mit ihrem halb unartikulierten Flüstern auf und stand völlig reglos da – fast schien es, als würde sie auf eine Antwort warten.

Aber es kam keine Antwort außer der leisen, leisen Stimme in ihrer Seele, die schon so oft versucht hatte zu sprechen, und der sie trotzdem nicht zuhören konnte und wollte.

Diese Stimme schlug ihr mit beharrlicher Wiederholung vor, dass sie sich auch jetzt noch genau mit den Beweisen befassen sollte, die so schnell ausgereicht hatten, um sie davon zu überzeugen, dass der junge und leidenschaftliche Liebhaber, der sie so leidenschaftlich umworben und ihr so viel Loyalität, Glauben und Hingabe versprochen hatte, es getan hatte war seinen Bekenntnissen und seinen Versprechen gleichermaßen untreu.

Angenommen, sie sollte Nachforschungen anstellen. Angenommen, sie bekäme den Beweis, dass sowohl sie als auch er falsch behandelt worden seien, dass er in jedem Wort und Gedanken wahr gewesen sei – was dann? Konnte sie es ertragen, danach die Stellung der Ehefrau des Mannes zu behalten, der zwei Wesen, die ihm geglaubt hatten, so betrogen und verletzt hatte? Bestimmt konnte sie es nicht. Was wäre dann ihre Alternative? Ihn zu verlassen und zu dem armen Leben zu Hause zurückzukehren, das die Anwesenheit ihrer Mutter gerechtfertigt und verherrlicht hatte, das aber ohne diese Anwesenheit und angesichts des Kontrasts ihrer gegenwärtigen Situation in ihrem Kopf ein zu unerträglicher Gedanke wäre, um darüber nachzudenken.

Nein, sie hatte keinen hinreichenden Grund, an den Erklärungen ihres Mannes zu zweifeln. Sie würde versuchen, sie für die Zukunft impliziter zu akzeptieren und so gegen solche beunruhigenden Ideen anzukämpfen. Es gab genügend Ablenkungsmöglichkeiten in ihrer Reichweite. Bald würde ihr Auslandsaufenthalt beginnen, und sie muss gegen ein erneutes Aufflammen ihrer gegenwärtigen Schwäche kämpfen.

Wenn sie diesen Kampf gewinnen wollte, musste sie ihrer Meinung nach jedoch eine Vorsichtsmaßnahme treffen. Damit wollte man den Namen Horace Spotswood vermeiden und, soweit möglich, auch jeden Gedanken an ihn.

Ihre Auslandsreisen begannen und sie hatte die Gewissheit, dass dieses Unterfangen nicht schwer zu bewältigen sein würde. Es gab tausend neue Themen für Bettinas Interesse und Gefühle in ihrer sich ständig verändernden Umgebung, und diese waren spannend genug, um die in letzter Zeit beunruhigenden Überlegungen zu beseitigen. Für Bettina hatte die Welt noch immer ihren mächtigen Reiz und sie sah die Welt jetzt in einer sehr faszinierenden Perspektive.

Kapitel VII

Da Bettina die Londoner Saison entzückend gefunden hatte und dennoch sehr zufrieden war, sie zu Ende zu sehen, und da das Gleiche auch auf ihre Erfahrungen sowohl als Gastgeberin als auch als Gast bei den Landhauspartys zutraf, die auf die Saison folgten, So war es auch bei ihren Auslandsreisen, obwohl sie in den verschiedenen Städten, die sie mit Lord Hurdly besuchte, viel Interessantes und Entzückendes fand . Er wurde überall mit Auszeichnung aufgenommen – eine Tatsache, die zum Teil auf seine herausragende Stellung im Parlament und zum Teil auf seine gesellschaftliche Bedeutung und die anerkannte Schönheit seiner Frau zurückzuführen war.

Bettina genoss es auf jeden Fall und fand es sehr hilfreich bei der Umsetzung ihres Vorsatzes, die aufwühlenden Gedanken zu vertreiben, die immer wieder aufkamen, wenn sie an Horace dachte. Sie hatte es geschafft, fast nicht mehr an ihn zu denken und nur für die Befriedigung jedes einzelnen Tages zu leben.

Nach einer Weile begann sie jedoch zu spüren, dass die Art der Freude, die so weitgehend darin bestand, ein Objekt der Bewunderung zu sein, eine gewisse Flachheit annahm, denn sie selbst war nicht in der Lage gewesen, große Begeisterung für die Menschen zu empfinden, denen sie begegnete. Es fiel ihr nicht leicht, Freunde zu finden, vielleicht weil es ihr nicht besonders am Herzen lag, Freunde zu haben. Der anfällige Gesundheitszustand ihrer Mutter hatte ihr wenig Zeit für andere Gesellschaften gelassen, selbst wenn sie sich diese gewünscht hätte, und seit dem Verlust ihrer Mutter schien ihr Herz verschlossen zu sein, und ihre Fähigkeit, für Menschen zu sorgen, die nie besonders groß war, nahm immer mehr ab Tag.

Während ihrer Reisen hatte sie mehrmals gehört, wie von Horaz gesprochen wurde. Bei diesen Gelegenheiten hatte sie nicht verraten, dass sie von ihm wusste, und so war das Gespräch über ihn ganz ungezügelt gewesen. Sie hatte einen Mann sagen hören, dass „er ein sehr ernsthafter Kerl geworden sei"; von einem anderen, dass „seine Broschüren großes Aufsehen erregten"; und wiederum, dass er „in der Diplomatie etwas Sinnvolles tun könnte, wenn er die Philanthropie in Ruhe lassen würde." Ein anderer Mann hatte gesagt: „Alles, was er brauchte, war, Geld zu heiraten, und er hätte eine große Karriere vor sich."

Als Bettina von ihrer Reise zurückkam, schienen diese wenigen Bemerkungen, die sie an Tischen oder an öffentlichen Orten gehört hatte, auf unerklärliche Weise das Wichtigste zu sein, was sie aus ihren jüngsten

Erlebnissen mitgenommen hatte. Sicherlich waren sie am eindringlichsten wiederkehrend, und ihr wurde der Gedanke aufgedrängt, dass die Art und Weise, wie Männer über Horace Spotswood sprachen, in starkem Kontrast zum Ton des Briefes von Lord Hurdlys Freund stand.

All dies bereitete ihr Kummer. Sie hätte den Brief lieber geglaubt, denn ein solcher Glaube hätte sie von dem Stachel der Selbstvorwürfe befreit; aber so sehr sie sich auch bemühte, sie konnte ihre volle Zustimmung dazu nicht erreichen.

Auf dem Rückweg nach England machte sie einen Zwischenstopp in Paris, um ihre Kostüme für die kommende Saison auszuwählen. Es war ihr eine Freude, diese schönen Dinge anzuprobieren, die sie kaufte, ohne an den Preis zu denken; aber es war ein Vergnügen, an das sie sich gewöhnt hatte, und so war seine Heftigkeit verschwunden. Abgesehen davon hatte sie nichts, worauf sie sich außer der Londoner Saison freuen konnte, und auch die Sitte hatte der Freude daran geschadet. Sie hatte die Einstellung, immer über den Tellerrand hinauszuschauen. Sicherlich musste es bei einer solchen Position und einem solchen Vermögen, wie sie es erreicht hatte, etwas geben, das die vage Sehnsucht in ihr befriedigte, die sie Sehnsucht nach Glück nannte.

Kingdon Hall bleiben sollten , und Bettina hatte der Freiheit des Landlebens mit einer Hoffnung entgegengesehen, die von der Realität enttäuscht wurde. Hier dachte sie wieder an Horace, und das mögliche Unrecht, das sie ihm angetan hatte, drängte sich in ihr Bewusstsein und beunruhigte sie so sehr mit Zweifeln und Befürchtungen, dass sie beschloss, ihren Widerwillen zu überwinden, Horaces Namen ihrem Mann gegenüber zu erwähnen, und kühn zu fragen, ob er tatsächlich den ihr versprochenen Geldbetrag erhalten hatte. Es war für sie so wichtig geworden, darüber Bescheid zu wissen, dass sie beschloss, gleich bei der ersten Gelegenheit nachzufragen.

Entschluss gefasst hatte, begegnete sie unerwartet Lord Hurdly , als sie einen Flur durchquerte. Er war zu Pferd gewesen und trug immer noch seine Reitkleidung. Die korrekten und sorgfältig sitzenden Leggings zeigten dünne und formlose Beine. Darunter befanden sich kleine Füße, auf die ihr Besitzer nicht sehr fest trat. Die etwas auffällige Weste und der kurze Mantel wirkten so, als würden sie zur Schau stehen und die Form darunter verbergen, was vielleicht eine große Hommage an seine Schneiderkunst war. Seine Brust wirkte schmaler, sein Gesicht faltiger, sein Haar dünner, als Bettina zuvor bemerkt hatte, und in seiner Figur lag eine gewisse Lockerheit, die nachließ, als er auf seinen schmalen, eng bestiefelten Füßen auf sie zukam er war die Art schwankender Bewegung des älteren Beaus. Sein Gesicht, neutral und kalt wie immer, zeigte weniger die Zeichen des Alters, doch Bettina hatte das Gefühl, dass es die Unzulänglichkeit seiner Seele ebenso deutlich verdeckte wie seine Kleidung die seines Körpers.

Als sie aufeinander zukamen – dieser Mann und diese Frau, deren Ehe eigentlich eine Vereinigung zweier Menschen sein sollte – konnte man mit einem Auge, das für die Feinheiten des menschlichen Ausdrucks sensibel ist, beobachten, wie sich die Gesichter beider leicht verhärteten. Lord Hurdly nahm seinen Hut mit einer automatischen Bewegung ab, die den Gedanken erwecken könnte, dass die Handlung eher seinem Ideal von sich selbst als einer Verbindung mit der Frau vor ihm entsprang.

„Entschuldigen Sie, dass ich Sie einen Moment aufgehalten habe", sagte Bettina, „aber ich möchte wissen, ob Horace Spotswood tatsächlich das Geld erhalten hat, das Sie ihm zum Zeitpunkt Ihrer Heirat mit mir überwiesen haben. Ich habe gehört, dass er ein sehr aktives Leben führt, in dem ihm Geld von großem Nutzen sein wird. Natürlich bin ich darauf bedacht, sicher zu sein, dass er durch mich keinen Schaden erlitten hat, sei er auch noch so indirekt."

Sie hatte sowohl ihre Stimme als auch ihren Gesichtsausdruck vollständig kontrollieren können – eine Tatsache, zu der sie sich selbst inbrünstig gratulierte.

„In dieser Hinsicht können Sie sich ganz wohl fühlen, das versichere ich Ihnen", antwortete Lord Hurdly in seinem kalten, prägnanten Ton. „Er hat das Geld erhalten und es wahrscheinlich zur Förderung seiner lächerlichen und sentimentalen Pläne verwendet. Dies sollte Ihnen die erfreuliche Gewissheit geben, dass er aufgrund seiner Verbindung zu Ihnen besser und nicht schlechter geworden ist."

Der Ton, in dem er sprach, ärgerte Bettina, aber sie gab keine Antwort, obwohl keine Worte, die sie hätte sagen können, eine größere Abneigung gegen seine Rede zum Ausdruck gebracht hätten als ihr verächtliches Schweigen. Sie wollte weggehen, aber er stellte sich absichtlich vor sie und sagte in demselben harten Ton:

„Während wir im Ausland waren, kam mir von Zeit zu Zeit der Gedanke, dass Sie sehr darauf bedacht waren, Informationen über die Person zu sammeln, von der wir gesprochen haben, und ich möchte Ihnen sagen, dass das, was mir klar geworden ist, auch für andere offensichtlich sein kann . Es ist Ihnen vielleicht egal, wie das Ding aussieht, aber so wie ich werden Sie vielleicht in Zukunft vorsichtiger sein."

Seine Verwendung des Wortes „eifrig" im Zusammenhang mit ihrer Haltung in dieser Angelegenheit löste bei Bettina schnell Anstoß aus, und dieses Gefühl wurde durch die Andeutung verstärkt, sie habe sich bei einem solchen Thema der Kritik ausgesetzt.

„Ich glaube", antwortete sie in einem Ton stolzen Grolls, „Sie können nicht vorsichtiger sein als ich, dass ich mich als Ihre Frau anständig verhalte." Da es außer der Form, die eingehalten werden muss, so wenig gibt, sehe ich darin die größere Notwendigkeit für Pünktlichkeit, diese einzuhalten. Der Tadel, den Sie mir gerade gegeben haben, ist völlig unverdient, und ich werde daher mein Verhalten in keiner Hinsicht ändern."

„Vielleicht denken Sie anders über diese Entscheidung nach und werden mir den Gefallen tun, indem Sie nicht dadurch auffallen, dass Sie den Atem anhalten, um zuzuhören, wann immer diese Person erwähnt wird. Es ist nicht unwahrscheinlich, dass Sie in der kommenden Saison eine Anspielung auf ihn hören werden, da er auf seinem neuen Posten versucht hat, sich Popularität zu sichern, indem er sich mit der Hungersnot befasste und", fügte er mit einem spöttischen Lächeln hinzu, „sie damit entschärfte." das Geld, das ich ihm bezahlt habe."

Das Wort schnitt Bettina ins Herz.

„Ihn bezahlt?" sagte sie und musterte ihn mit einem Blick, vor dem selbst seine harten Augen ins Wanken gerieten. „Ihn wofür bezahlt?"

„Oh, dafür, dass er mir aus dem Weg gegangen ist!"

Sie hatte das Gefühl, dass sie ihn zu dieser Antwort gezwungen hatte und dass er es gerne brutaler ausgedrückt hätte. So wie es war, lauerte darin ein Stachel, der sie zu einer Antwort provozierte.

„Hat er das Privileg Ihrer Nähe zu einem so hohen Preis in Anspruch genommen?"

Ein Lächeln stiller Ironie begleitete die Worte. Als es ihre Lippen verführerisch wölbte, fühlte sich Lord Hurdly von dem plötzlichen Gefühl ihres kraftvollen Charmes berührt. Niemand sonst auf der Welt hätte es gewagt, ihm dies oder etwas auch nur annähernd Vergleichbares zu sagen. Der Geschmack dieser kühnen Rede hatte für seinen abgestumpften Gaumen etwas sehr Pikantes. Deshalb lächelte er statt eines finsteren Gesichtsausdrucks.

„Ich habe gehört", sagte er freundlich, „dass Amerika das Land der Freien und die Heimat der Tapferen war, und Sie scheinen sicherlich Recht zu haben, wenn Sie diesen Glauben akzeptieren."

Bettina, sehr erleichtert über diese Wendung der Dinge, nutzte die Gelegenheit, die sich ihr bot, um ernst zu sagen:

"NEIN; Ich halte mich nicht für frei. Ich habe mich in meiner Ehe mit Ihnen verbunden und habe weder die Absicht noch den Wunsch, die Pflichten zu vergessen, die ich Ihnen schulde. Aber ich sage Ihnen ganz offen, Lord Hurdly , dass ich weder an Überwachung noch an Tyrannei gewöhnt bin, und ich werde mich ihnen auch nicht einfach unterwerfen. Zumindest bei der Umsetzung dieses Vorsatzes werden Sie feststellen, dass ich mutig sein kann.“

Sie sah außergewöhnlich schön aus, als sie aufrecht vor ihm stand und diese Worte sagte, und er hatte ihr schon lange nicht mehr so tief in die Augen geschaut. Er hatte ihre magnetische Anziehungskraft fast vergessen. Als er sie sah, schlug sein Puls jetzt schneller. Der Wunsch, dieses großartige Geschöpf zu beherrschen, überkam ihn mit einer Kraft, die er nicht für möglich gehalten hätte.

„Bettina“, sagte er mit einer Stimme, die eine für ihn ungewöhnliche Emotion zum Ausdruck brachte, „habe ich jemals gewusst, was es heißt, zu lieben?“

„Einmal – nur einmal“, antwortete sie mit einem Zittern in ihrer Stimme und plötzlichen Tränen in ihren Augen. „Ich habe meine Mutter geliebt. Niemand, der jemals gelebt hat, hätte aufrichtiger und inniger lieben können als ich sie; aber da begann und endete es. Ich habe dich diesbezüglich nie getäuscht. Ich habe dir Pflicht und Treu und Glauben versprochen, und ich habe dabei nicht versagt. Ich werde niemals so scheitern. Aber Liebe, nein! Ich habe es nicht zu geben.“

Sie machte eine Bewegung, um vorwärts zu gehen, und er trat beiseite und ließ sie an sich vorbei. Sie vermied es, seinem Blick zu begegnen, und vielleicht war es auch gut so, dass sie es tat. Denn langsam veränderte sich sein Ausdruck. Ein Ausdruck der Härte, der beinahe Abneigung erkennen ließ, trat in seine Augen und presste seine Lippen zusammen. Vom Tag ihrer Hochzeit an hatte diese Frau ihn ausgebremst und verwirrt. Er hatte versucht, die Kontrolle über sie zu erlangen, aber er war gescheitert, und das Gefühl dieses Scheiterns machte ihn wütend. Er war es gewohnt, jeden zu dominieren, mit dem er in irgendeinen engen Kontakt kam. Er hatte dieses amerikanische Mädchen mit der Entschlossenheit geheiratet, sie zu dominieren, und er war so machtlos gewesen, als wäre sie eine Nebeljungfrau gewesen. Es gab keine Möglichkeit, wie er sie erreichen konnte.

Über Bettinas Haltung ihm gegenüber hatte er eine Theorie. Er glaubte, dass sie Horace wirklich geliebt hatte. Sie stand zu sehr im Schatten der Trauer über den Tod ihrer Mutter, um anderen Gefühlen freien Lauf zu lassen, aber er hatte bei all seinen Bemühungen, sie zu gewinnen, immer das Gefühl gehabt, dass es das Bild von Horace Spotswood in ihr war Verstand, der ihn in eine völlige Verfinsterung versetzte. Diese Theoriezeit hatte sich vertieft. Seine misstrauische Wachsamkeit gegenüber jedem ihrer Worte und jedem Blick hatte ihn darauf aufmerksam gemacht, dass sie interessiert zuhörte, als

Horaces Name erwähnt wurde, und seine Einbildungskraft verstärkte die
Wirkung ihres Interesses und veranlasste ihn zu Vermutungen darüber, was
sie dabei wohl gehört und gefühlt haben könnte Zeiten, in denen er nicht da
war. Darüber hinaus regte ihn ein gewisses geheimes Bewusstsein in seiner
eigenen Seele zu seinem Verdacht an.

KAPITEL VIII

Hurdly in den ersten Wochen ihrer Ehe seine Haltung von der Besorgnis des Verfolgers zur Herrlichkeit des Besitzers änderte, hatte er sicherlich einige Anstrengungen unternommen, Bettina für sich zu gewinnen, während sie ihrerseits versucht hatte, ihm durch eine Antwort entgegenzukommen zu seinen Berufen für sie. Beiden war bewusst, dass dieser Versuch auf beiden Seiten unternommen worden war und völlig gescheitert war. Als die Flitterwochen vorüber waren, schien Lord Hurdly sich nicht mehr darum zu kümmern. Das Bewusstsein dafür war für Bettina eine ungeheure Erleichterung, und seitdem hatte sie gespürt, dass sie, wenn sie ihm in den Augen der Welt Ehre erwies, sein erstes Ziel erfüllen würde, sie zur Frau zu haben. Dabei hatte sie nicht versagt. Es gab eine deutliche Entfremdung zwischen ihnen, aber es war nie nötig gewesen, sie zu definieren. Welche Meinungsverschiedenheiten es auch gegeben hatte, nur sie selbst wussten davon. Lord Hurdly hätte seine Autorität über sie tatsächlich als unvollständig empfunden, wenn er sie jemals öffentlich hätte geltend machen müssen.

Bei Bettina vollzog sich ein merkwürdiger Gefühlswandel in ihr. Sie hatte die Welt auf die Probe gestellt und festgestellt, dass sie ihre Fähigkeit, zu gefallen, überschätzt hatte. Es war fast erschreckend, darüber nachzudenken, dass ihr nichts anderes übrig blieb, als zu wiederholen, was sie bereits getan hatte. Eine weitere Saison in London, ein weiterer Herbst im Empfangen und Empfangen von Besuchen, ein weiterer Winter im Ausland. Was dann? Gab es für sie nichts als materielles Vergnügen auf der Welt? Sie wollte etwas mehr, etwas anderes als all das.

Eines Morgens ging sie in den Park, wo der Frühling gerade anfing, sein Grün hervorzubringen. Hinter ihr waren hüpfende Schritte zu hören. Es war die Genossin, die an ihre Seite sprang und sich an sie schmiegte. Sie legte ihren Arm um seinen Hals und zog ihn an sich. Er reagierte mit einer Zuneigung, die fast menschlich war.

Beinahe menschlich! Bei diesem Gedanken begann sie sich zu fragen, wie viel menschliche Zuneigung es auf der Welt für sie gab. Zweifellos so viel, wie sie zu geben hatte, sagte sie sich. Aber warum war das so?

Die Vögel tobten laut und sangen in den Zweigen über ihrem Kopf. Das Gras, die Bäume, die Wolken, der Himmel, alles schien als Teil einer Welt geschaffen worden zu sein, in der die Liebe wohnen konnte. Ein großer Hunger erfasste sie – ein Hunger nicht danach, geliebt zu werden, sondern zu lieben. Zum ersten Mal sehnte sie sich nach dieser Gabe, ganz unabhängig von jeglicher Vorstellung von ihrer Mutter. Oh, jemanden mit einem menschlichen, verständnisvollen, glühenden Herzen zu haben , den sie in die

Arme schließen konnte, während sie jetzt die Genossin umarmte – jemanden , dem sie den Reichtum an Liebe schenken konnte, von dem sie einst geglaubt hatte, sie könne ihn nur ihr selbst geben liebe Mutter; Jemand , der die Worte dieser Mutter wahr machen könnte, damit ihr eine Liebe bevorsteht, die weitaus größer ist als alles, was sie gekannt hat; jemand , gutaussehend, charmant, leidenschaftlich, liebevoll, mitfühlend, freundlich; jemand, der gleichzeitig Freund, Bruder und Liebhaber ist ; vor allem jemand mit ähnlichen Gedanken und Gefühlen wie sie – jemand, der impulsiv und natürlich ist – jemand, der jung ist!

Als sie sich schließlich vom Genossen verabschiedete und in ihre Zimmer zurückkehrte, hatte sie auf seltsame Weise das Gefühl, dass für sie eine neue Ära angebrochen war. Aber eine solche Stimmung war für sie neu und sie wehrte sich entschieden dagegen, dass sie erneut auftrat. Um dieses Ziel zu erreichen, widmete sie sich eifriger den äußeren Interessen, die in einer Position wie ihr so wichtig waren, und wurde für ihre großartigen Unterhaltungen und ihre reiche Kleidung bekannter als in der Saison zuvor. Als sie einen tieferen Einblick in die Lebensumstände um sie herum gewann, erkannte sie Möglichkeiten für Einfluss und Macht, sogar für eine Frau, die sie anzog. Aber sie war sehr unwissend. Sie wusste wenig über die Welt und die englischen Angelegenheiten und fand, dass die Frauen um sie herum über diese Themen so gut informiert waren, dass sie begann, sich in gewisser Weise benachteiligt zu fühlen. Dies weckte ihren Stolz und sie machte sich daran, sich über viele Themen zu informieren, von denen sie bisher keine Ahnung hatte.

Ein Mittel zu diesem Zweck war das Lesen von Zeitungen, und diese Beschäftigung nahm mittlerweile einen Teil jedes Morgens ein. Auf diese Weise stieß sie gelegentlich auf Horace Spotswoods Namen, und wenn sie es tat, erfasste sie eine seltsame Aufregung. Sie konnte den Einfluss, den das Leben dieses Mannes auf ihr Leben auszuüben schien, nicht ganz abschütteln. Lord Hurdly hätte sie glauben machen wollen, dass sie Horace einen großen Nutzen gebracht hatte, da er durch sie in den Besitz seines gegenwärtigen unabhängigen Vermögens gelangte, aber es gab keine Stimme, die so stark war wie die in ihrem eigenen Herzen, die es erzählte ihr, dass sie ihm Unrecht getan hatte. Hier und da hatte sie die Eindrücke vieler verschiedener Menschen über diesen jungen Diplomaten aufgenommen, und die Gesamtwirkung war zweifellos Bewunderung. Die kurzen Notizen über ihn, die sie in den Zeitungen las, bestätigten diesen Eindruck von ihm. Für einen Mann seines Alters war er in der Diplomatie gut, und er leistete mehr als gute Arbeit bei der Arbeit, die er zur Linderung der hungernden Bevölkerung in seiner Nähe geleistet hatte.

Es war Horaces Interesse an dieser Sache , das Bettinas Interesse daran geweckt hatte, und sie begann eifrig alles zu lesen, was sie zu diesem Thema finden konnte. Dadurch wurde ihr Herz zum ersten Mal in ihrem Leben zu einer intensiven Wahrnehmung des Leidens der Welt insgesamt erweckt. Es war eine neue Emotion für sie, die mit einer Kraft durch ihr ganzes Bewusstsein pulsierte, die ihre Individualität sogar für sie selbst veränderte. Zum ersten Mal begann sie darüber nachzudenken, mit welcher völligen Rücksichtslosigkeit sie die großen Geldsummen ausgegeben hatte, die Lord Hurdly ihr zur Verfügung gestellt hatte. Ihre bisherige Ausgabe dieser Beträge hatte seine volle Zustimmung gefunden, da sie nie eine zu reiche Garderobe haben konnte, um ihm zu gefallen. Es war alles Teil seines eigenen Ruhms und seiner Bedeutung, und er stellte nie eine Frage, wie das Geld ging.

Doch nun hatte sich das Blatt in Bettinas Herzen gewendet. Als sie vom Leid dieser hungernden Menschen las, wurde ihr bei dem Gedanken an ihren eigenen Übermaß an Luxus übel. Je mehr sie in ihrer Seele diese namenlose Traurigkeit verspürte, die keine Hilfe von außen lindern konnte, desto dringender fühlte sie, dass es für sie dringlich war, die Bedürfnisse anderer zu lindern, wenn diese Linderung tatsächlich in ihrer Macht lag.

Es mag seltsam erscheinen, dass Bettina als Mutter, die ein großes Mitgefühl für alles Leid hatte, ihr eigenes Herz so verschlossen gegenüber dem Leid außerhalb ihres Herzens hielt; Aber kein Samen kann keimen, bis der Boden dafür vorbereitet ist, und bis zu diesem Abschnitt ihres Lebens war der Boden in Bettinas Herzen unvorbereitet gewesen.

Nun war jedoch alles anders. Sie ging zu Bällen und Abendessen, wie es ihre Position als Frau von Lord Hurdly erforderte, aber ihr Herz war woanders. Sie begann, bei ihren persönlichen Ausgaben strikt zu sparen, sammelte alles Geld, das sie finden konnte, sowohl aus dem Taschengeld ihres Mannes als auch aus ihrem eigenen kleinen Privatvermögen, und überwies es anonym an den indischen Hungerfonds.

Dieser Beitrag wurde mit keinem anderen Ausweis als „Von B." auf der Begleitkarte eingeschickt. Wie hätte Bettina träumen können, dass eine lebende Seele sie damit verbinden würde?

Sie war sich jedoch nicht darüber im Klaren, dass sie ständig von ihrem Mann beobachtet wurde. Da sie sich für ihre neuen Beschäftigungen interessierte, beobachtete er sie genauer als je zuvor, und am Morgen der Veröffentlichung der Sonderbeiträge zum Hungersnotfonds, in denen ihr eigener Beitrag enthalten war, in den Zeitungen, Lord Hurdly, scheinbar ohne Grund, las ihr die Liste am Frühstückstisch vor.

Als er zum Punkt „Von B." kam, hielt er inne und sah sie forschend an.

Bettina spürte, wie ihr Gesicht rot wurde.

„„DAS GELD WAR TEILWEISE MEIN EIGENES""

„Das dachte ich mir", sagte ihr Mann mit einer seltsamen Mischung aus Zufriedenheit und Wut in seinem harten Tonfall. „Ich habe eine solche Dummheit schon seit einiger Zeit erwartet, und ich bin nicht blind für das Motiv dahinter. Was kümmern Sie sich um diese Teufel indischer Wilder? Was interessiert Horace Spotswood an ihnen? Genauso wenig! Genug und zu viel von meinem Geld ist bereits in die Verlängerung ihres wertlosen Lebens geflossen. Wenn dieser gnadenlose Junge beschließt, weiterhin Geld für sie zu verschwenden , kann er das tun, aber ich nutze diese Gelegenheit, um Ihnen mitzuteilen, Lady Hurdly – und ich möchte Ihnen raten, sich daran zu erinnern, was ich sage –, dass ich mich dafür nicht mehr entscheide Mein Geld soll in diese Richtung fließen. Verstehst du?"

In seinem Ton lag eine Unverschämtheit, die er ihr gegenüber noch nie zuvor gekannt hatte. Sie ärgerte sich sehr darüber. Sie erhob sich, mit einem Instinkt, der es ihr verbot, den Vorsitz am Tisch zu führen, an dessen anderem Ende er als Meister saß, und sagte mit einem Anflug von Zorn in ihrer ruhigen Stimme:

„Das Geld gehörte zum Teil mir selbst – aus dem kleinen Vermögen meiner Mutter; und sie hätte mit mir der Meinung gewesen, dass ich es keinem heiligen Zweck mehr nützen dürfe. Was den Rest betrifft, war mir klar, dass das auch mein eigenes war. Ich wusste nicht, dass Sie von mir einen Bericht darüber verlangten, wie ich es verwendet habe."

„Wie hast du es benutzt? Du darfst dein Feuer damit anzünden, von mir aus! Aber es gibt eine Sache, die mir am Herzen liegt und die ich im Keim ersticken möchte; und das ist diese lächerliche Sentimentalität, der Sie sich gegenüber Horace Spotswood hingeben. Wenn Sie Ihren jungen Liebhaber bereuen, ist das Ihre eigene Angelegenheit, aber wenn Sie dieses Bedauern vor den Augen der Öffentlichkeit zur Schau stellen, wird es zu meiner Angelegenheit, und als solche schlage ich vor, dem ein Ende zu setzen.“

Bettina zitterte vor Wut und Groll, die sie erfasste. Sie sammelte sich jedoch genug, um nicht zu sprechen, bis sie lange genug innegehalten hatte, um sicher zu sein, dass sie sich beherrschen konnte. Dann sagte sie:

„Sie vergessen sich selbst, Lord Hurdly , wenn Sie sich anmaßen, mit mir zu sprechen, wie Sie es gerade getan haben. Ich habe Ihnen dazu keine Gelegenheit gegeben, und Sie wissen es. Wenn es in meiner Ehe mit Ihnen gewisse Bedauern gibt, rechtfertigt Ihr derzeitiges Verhalten dies. Aber lassen Sie mich meinerseits sagen, dass ich mir keine Erklärung für Ihr Verhalten vorstellen kann, außer anzunehmen, dass es aus dem Bewusstsein in Ihrem eigenen Kopf resultiert, dass Sie diesem Mann Unrecht getan haben.“

Sie sah ihn aufmerksam an. Seine Gesichtszüge erröteten nicht, und seine kalten Augen gerieten nicht ins Wanken. Und doch, trotz der langen Gewohnheit der Zurückhaltung, die ihm jetzt so zugute kam, herrschte in ihm ein Bewusstsein, wie eine Atmosphäre, die ihr sagte, dass ihr Stoß Blut geleckt hatte.

"Ich dachte auch!" sagte sie und benutzte genau die Worte, die er ihr gegenüber verwendet hatte. „Ich kämpfe seit langem in meinem Kopf gegen den manchmal aufkommenden Zweifel, dass ich getäuscht worden sein könnte. Überall, ob öffentlich oder privat, höre ich, wie von diesem jungen Mann gesprochen wird, und zwar mit Worten des Vertrauens, der Bewunderung und der Zuneigung.“

Noch immer war ihr durchdringender Blick auf ihn gerichtet, und noch immer ertrug er ihn, ohne mit der Wimper zu zucken.

„Du hast den Brief gesehen“, sagte er höhnisch. „Wenn dir das nicht reichte …“ Er brach mit einem harten, unangenehmen Lachen ab.

„Es hat gereicht“, sagte sie. „Sicherlich hat es ausgereicht, mein Schicksal im Leben zu regeln. Es ist jedoch möglich, dass dieser Brief eine übertriebene Darstellung enthielt. Dennoch, wenn auch nur die Hälfte davon so war, hatte ich mehr als das Recht, mich von ihm loszusagen. Niemand könnte mir die Schuld geben.“

„Soweit ich sehen kann, tut das niemand“, war die böswillige Antwort. „Von anderen höre ich keine Beschwerden, und ganz bestimmt habe ich auch keine geäußert. Sie geben eine sehr zufriedenstellende Lady Hurdly ab, und ich nehme an, dass Ihnen die Position genug bringt, um alles zurückzuzahlen, was Sie möglicherweise verloren haben – zumindest hätten Sie das aus der Sicht der Welt tun sollen."

Bettina antwortete nicht sofort. Eine Seelenkrankheit beschlich sie, die alles Leben plötzlich abscheulich erscheinen ließ. Der einzige schwache Strahl, der die Dunkelheit durchdrang, in der sie sich eingehüllt fühlte, war die Hilfe, die von einem bestimmten Ideal kam, das sie kürzlich in ihrem eigenen Herzen inthronisiert hatte. Als ihr die Bedürfnisse der Welt und die umfassenderen Probleme, die die unzähligen Leben außerhalb ihres eigenen betreffen, vor Kurzem vor Augen geführt worden waren, hatte sie sich so einfach und schwach, wie es ein Kind hätte tun können, zu einem einfachen Prinzip des Lebens vorgefunden – nämlich zu diesem Es hat sich gelohnt, zu versuchen, gut zu sein. Noch nie hatte sie die völlige Sinnlosigkeit der Hoffnung, glücklich zu sein, so deutlich gespürt wie in diesem Moment. Doch in diesem Moment spürte sie mehr denn je, dass Glück nicht alles war.

Es kam nur selten vor, dass sie persönliche Gespräche mit ihrem Mann führte. Die Trennmauer zwischen ihnen schien sich durch stilles Anwachsen immer weiter zu verdichten. Es war sehr schwierig, diese Mauer zu erklimmen, und sie hatte das Gefühl, dass jede Anstrengung, dies zu tun, ihn genauso ärgerte wie sie. Mit dem Instinkt, die gegenwärtige Gelegenheit nicht ungenutzt zu lassen, sagte sie ziemlich eifrig, als er aufstand, um zu gehen:

„Setzen Sie sich einen Moment. Wir reden nicht oft miteinander. Ich habe dir etwas im Kopf zu sagen."

Er setzte sich wieder hin und zündete sich eine Zigarre an – eine Handlung, die sie durch ihre Lässigkeit entmutigte. Dennoch war sie entschlossen, weiterzumachen. Mit großer Anstrengung gab sie ihrer Stimme eine sehr sanfte Stimme, als sie sagte:

„Ich weiß, dass ich Sie von dem, was Sie sich von dieser Ehe zwischen uns erhofft hatten, enttäuscht habe, und ich möchte Ihnen sagen, dass es mir sehr leid tut. Wenn es mir nicht gelungen ist, Ihnen das Gefühl zu geben, das Sie sich gewünscht haben –"

Er unterbrach sie.

"Gefühl?" er sagte. „Wer möchte sich heutzutage in einer Frau wohlfühlen? Niemand erwartet es. Ich wollte jemanden, der als Lady Hurdly eine schöne Figur macht . Ich habe erwartet, dass du das tun würdest, und du hast mich nicht enttäuscht."

„Wenn das wahr ist, bin ich froh, das zu wissen", sagte sie; „Aber du kannst mir jedenfalls nicht vorwerfen, dass ich dir nicht die Liebe schenke, die dir eine andere Frau gegeben hätte. Ich habe dich diesbezüglich nie getäuscht.

Ich habe dir gesagt, dass ich diese Liebe nicht zu geben hätte; nicht, wie Sie so ungerecht angedeutet haben, weil ich es einem anderen Mann gegeben hatte, sondern weil ich damals unfähig war zu lieben. Ich dachte an niemanden außer mir. Ich war erbärmlich unwissend und egoistisch. Aus Unwissenheit und Egoismus habe ich die Position Ihrer Frau eingenommen, aber ich denke, ich habe von Anfang an versucht, so gut ich konnte, ihren Verpflichtungen nachzukommen. Ich habe versucht, so zu sein und zu erscheinen, wie Sie es sich wünschen. Und ich bin mir der Ehre und Auszeichnung bewusst, die mir meine Ehe mit Ihnen verliehen hat."

„Gott! Das hoffe ich nicht! Eine der größten Positionen in England!" rief er in einem Ton verächtlicher Verärgerung. Mit diesen Worten stand er auf und verließ das Zimmer.

Bettinas Stolz war zutiefst verletzt. Es war dieses neue Bekenntnis zur Pflichtkontrolle gewesen, das sie dazu gebracht hatte, dies ihrem Mann gegenüber zu sagen. Sie hatte viel in sich überwunden, bevor sie sprach, und sie fühlte, dass sie ein Recht hatte, sich über die fast brutale Gefühllosigkeit zu ärgern, mit der er ihre Worte aufgenommen hatte.

Als sie sich vom Frühstücksraum abwandte und zu ihren eigenen Gemächern aufstieg, wurde ihr bewusst, dass eine neue Demütigung in ihrem Leben bevorstand. Bis zu diesem Zeitpunkt hatte sie geglaubt, dass Lord Hurdly nicht in der Lage gewesen wäre, so zu reden, wie er es an diesem Morgen gewohnt war. Sie hatte viel getan – mehr als von ihr verlangt wurde, sagte sie sich –, indem sie mit ihm gesprochen hatte, wie sie es nach seinen Worten zu Beginn ihres Gesprächs getan hatte, und jetzt schien es ihr klar, dass sie ihr Ziel erreicht hatte Pflicht gegenüber ihm, und wenn es nichts Gutes gebracht hätte, sei die Schuld auf seiner Seite und nicht auf ihrer Seite.

In ihren eigenen Räumen angekommen, gab sie sich zutiefst traurigen Gedanken hin. Sie war erst zweiundzwanzig. Wie lang sah der Weg ihres zukünftigen Lebens aus und wohin würde er führen? Sie hatte alles erreicht, was sich jede Frau im Hinblick auf die Gabe der Welt wünschen konnte. Sie hat den Wert davon nicht unterschätzt. Im Gegenteil, es war für einen Teil ihrer Natur ebenso wesentlich wie etwas ganz anderes in der Art und Weise der menschlichen Möglichkeiten für einen anderen Teil. Sie verlor den Halt am Tatsächlichen nicht, weil sie nach dem Unerreichten strebte. All diese Macht und Bewunderung waren ihr sehr wichtig, obwohl sie spürte, dass bloß weltlicher Wohlstand nicht ausreichte. „Freude, es zu haben, keine; es zu verlieren, Schmerz", waren Worte, die fast zu ihrem Geisteszustand passten. Bei dem Gedanken, in die Dunkelheit zurückzukehren, aus der sie herausgekommen war, zuckte sie zusammen.

KAPITEL IX

Dieses Gespräch mit Lord Hurdly markierte einen entscheidenden Wendepunkt in ihren Beziehungen zueinander. Keiner von beiden erwähnte es jemals, aber es hatte bei beiden seinen Eindruck hinterlassen. Für Bettina gab es die Gewissheit, dass sie in ihrem Wunsch, zu einer echten und gütlichen Einigung mit ihrem Mann zu einer echten und gütlichen Einigung zu kommen, alles getan hatte, was von ihr verlangt werden konnte, und dass sie danach ein größeres Gefühl der Freiheit verspürte. Lord Hurdly erhielt dadurch einen Einblick in Bettinas Natur, den er zuvor nicht hatte. Er stellte fest, dass sie über eine bissige Ausdrucksfähigkeit verfügte, die ihm, wie er zwangsläufig zugeben musste, Unbehagen bereitet hatte. Er hatte auch das Gefühl, dass es ihm nicht gelungen war, seine Vormachtstellung über sie ganz so endgültig durchzusetzen, wie er es sich gewünscht hätte. Darüber hinaus empfand er durch die Erinnerung an ihre Worte und ihr Aussehen eine unangenehme Warnung, dass es für ihn vielleicht besser wäre, in Zukunft zweimal darüber nachzudenken, bevor er mit ihr die Schwerter kreuzte. Er war ein Mann, der Widerstand hasste und der es nicht gewohnt war, in seinem eigenen Haus damit umzugehen. Er war immer noch Herr und seine Souveränität hatte niemand in Frage gestellt. Da er dies beibehalten wollte, wollte er sich nicht auf weitere Gespräche mit Bettina einlassen. Es gab Umstände, die er sich nicht vorstellen konnte und die ihm einen größeren Prestigeverlust bescheren könnten als alle bereits erlittenen, und der Gedanke daran veranlasste ihn, sorgfältig zu vermeiden, noch einmal mit Bettina in Berührung zu kommen.

Diese Haltung seinerseits führte zu einer Haltung gegenüber seiner Frau, die man durchaus als angenehm interpretieren konnte, da er sie nicht mehr so streng zu beobachten schien wie zuvor. Ohne über das Thema zu sprechen, schien er ihr etwas mehr Freiheit zu geben, und er erwähnte nie wieder ihr Interesse an der Hungersnot in Indien oder an den Taten von Horace Spotswood.

Dennoch hatte Bettina das gleiche unangenehme Gefühl, kritisiert und streng zur Rechenschaft gezogen zu werden. Sie hatte das Gefühl, als würden Beweise gegen sie auftauchen, die ihr eines Tages auf einmal vorgelegt werden könnten.

Sie hatte jedoch einen Wissensdurst über Dinge entwickelt, die über ihre eigenen engen Interessen hinausgingen, und konnte nur durch Nachsicht gestillt werden. Als sie sich im pulsierenden Londoner Leben umsah, fand sie so viele Objekte, die unbedingt auf ihr Interesse und ihre Beteiligung zu warten schienen, dass sie bald in die starke Bewegung der Frauenarbeit im gesellschaftlichen Leben in seiner umfassenderen und tieferen Bedeutung hineingezogen wurde.

Kaum stellte sich heraus, dass Lady Hurdly bereit war, sich für solche Angelegenheiten zu interessieren, als sie auch schon auf sie zukamen. Es war für sie ein neues und entzückendes Bewusstsein, Teil der Macht zu werden, die gegen das Böse in der Welt arbeitete, und sie stürzte sich mit Elan und Enthusiasmus in die Aufgabe.

Danach wurde das Leben für sie besser. Die Bedeutung ihrer Position wurde ihr auf neue und bessere Weise bewusst. Indem sie Lady Hurdly war, hoffte sie vielleicht, einen kleinen Beitrag zum Wohl derer leisten zu können, die am anderen Ende der Lebensskala standen als sie, wohingegen sie, wenn sie in ihrer früheren Position geblieben wäre, genauso wenig von Nutzen gewesen wäre ein Ende wie am anderen.

Abgesehen von diesen Überlegungen reinen Altruismus war der süße Gedanke, dass sie ihrer Mutter im Geiste näher kam, jetzt, wo sie sich so sehr bemühte, anderen zu helfen; und manchmal kam ein anderer Gedanke. So weit ihre Leben auch voneinander entfernt sein mussten, versuchte sie, in ihrem Bereich das zu tun, was Horace in seinem tat, und vielleicht mit der gleichen Hoffnung im Herzen eines jeden – nämlich, dass die Aufzeichnungen der Zukunft dazu beitragen könnten die Fehler und Verfehlungen der Vergangenheit kompensieren. Sie hoffte leidenschaftlich, dass er seine böse Vergangenheit hinter sich gelassen hatte, genau wie sie versuchte, ihre Vergangenheit hinter sich zu lassen.

Unter diesen veränderten Bedingungen unterschied sich Bettinas zweite Saison in London sowohl in ihrem Ziel als auch in ihren Ergebnissen von der ersten. Aus einer unbekannten und unbestrittenen Quelle wurde sie von der „Verachtung für elende Ziele, die bei sich selbst enden" durchdrungen, und als sie bereit war, nach Kingdon Hall zurückzukehren, war ihr Leben so sehr von seinem neuen Zweck erfüllt, dass sie nach vorne blickte auf die Muße, die ihr Umzug dorthin mit echter Befriedigung in der Gelegenheit zu besserer Arbeit geben würde. Außerdem hatte sie nun eine persönliche Aufsicht über die Angelegenheiten auf dem Kingdon-Hall-Anwesen im Auge, in die sie unbedingt einsteigen wollte. Sie war sich der Pflicht bewusst geworden, sich um die Interessen der Mieter und das Wohl der Gemeinde zu kümmern.

Ob sie bei einer solchen Arbeit die Zustimmung ihres Mannes haben würde oder nicht, konnte sie nicht erraten. Bisher hatte er sich, abgesehen von einer eher zynischen und distanzierten Beobachtung ihrer neuen Interessen, nie eingemischt, aber sie vermutete, dass die wahrscheinliche Erklärung für diese Tatsache darin bestand, dass er das Gefühl hatte, dass sie bei philanthropischen Aktivitäten, die von der besten Gesellschaft anerkannt worden waren, eine herausragende Rolle spielte eine neue Art, Ruhm auf sich selbst zu spiegeln.

Denn als die Zeit verging und Bettina einen tieferen Einblick in den Mann erlangte, den sie geheiratet hatte, wurde ihr klar, dass er bis zum letzten Grad egoistisch war. Sein kaltes, neutrales Verhalten verbarg dies für die meisten Menschen, aber für ihre scharfe und ständige Beobachtung waren die Länge und Breite seines Egoismus manchmal fast widerlich.

Sie war daher nicht unvorbereitet auf das, was geschah, als sie begann, die Armen in Kingdon zu besuchen und sich über die Bedürfnisse der Pächter ihres Mannes zu informieren. Sie hatte offen darüber gesprochen, und er hatte keine Notiz davon genommen; Aber eines Morgens, als er im Begriff war, für ein paar Tage auf die Jagd in eine der benachbarten Grafschaften zu gehen, sagte er im Moment der Abreise zu ihr:

„Ich möchte Ihnen sagen, dass ich die Neuerungen, die Sie in der Verwaltung der Angelegenheiten des Anwesens vornehmen, nicht gutheiße. Bisher haben die Damen von Kingdon Hall diese Angelegenheiten ihren Ehemännern überlassen, und ich bevorzuge, dass Sie dasselbe tun. Ich erwähne es jetzt, damit ich bei meiner Rückkehr keine Anzeichen einer Störung sehe.“

Es war keineswegs ungewöhnlich, dass er ihr gegenüber diesen Ton anschlug, und er folgte seiner üblichen Gewohnheit, in einem Moment der Eile mit ihr zu sprechen, wann immer er etwas Unangenehmes zu sagen hatte. Auf diese Weise konnte er das Gespräch dort beenden, wo er wollte, und sie sah, dass er jetzt nicht die Absicht hatte, noch länger zu verweilen. Der Karren stand vor der Tür, er hatte seinen Mantel und sogar seinen Hut an und stand da, zog seine Handschuhe an und knöpfte sie zu, mit einer nicht angezündeten Zigarre zwischen den Zähnen. Sein Blick war auf seine Aufgabe gerichtet und runzelte die Stirn.

Seine kühlen und nachlässigen Worte, die sie, weil sie ihn kannte, als Vorwand für einen unerbittlichen Vorsatz betrachteten, lösten bei ihr einen Schock der Enttäuschung aus. Sie nahm nicht oft einen bescheidenen Ton an, aber in ihrer Stimme lag sowohl Demut als auch Flehen, als sie jetzt sagte:

„Sie werden mir nicht verbieten, die Mieter zu besuchen und die Dinge für sie ein wenig zu verbessern, wenn ich kann, oder?“

„Ich verbiete jede Einmischung“, antwortete er in einem Ton, der ihr das Gefühl gab, dass er die Ausübung seiner Macht genoss. „Sie können die Angelegenheiten meiner Mieter getrost mir überlassen. Bisher haben sie sich in meinen Händen ausreichend gut geschlagen.“

Früher hätten diese Worte und Töne eine scharfe Erwiderung hervorgerufen, aber Bettina hatte sich seit den ersten Monaten ihrer Ehe so sehr verändert, dass die Gedanken an ihr eigenes Unrecht und ihre Demütigungen jetzt weniger eindringlich waren als die Sorgen dieser armen Menschen, die sie hatte gehofft, Linderung verschaffen zu können.

„Oh, tatsächlich irren Sie sich!" sagte sie dringend. „Sie wissen nicht, wie viel sie brauchen, was sie mit sehr wenig Geld und Aufwand erreichen könnten. Weigern Sie sich nicht, mir helfen zu lassen. Es liegt mir sehr am Herzen."

Sie sah, wie sein Gesicht härter wurde.

„Es ist auch", sagte er, „in der Nähe meiner Tasche." Sich für wohltätige Zwecke zu engagieren, ist in Ordnung, wenn es Ihnen Spaß macht, und ich habe Sie in London nicht daran gehindert, dies zu tun. Hier ist es jedoch anders. Es ist an der Zeit, dem Einhalt zu gebieten."

Seine Worte verletzten ihren Stolz, und sie spürte auch, dass es ihm gefiel, von ihr umworben zu werden. Sie hatte den Instinkt, scharf zu erwidern, aber ein anderer Instinkt war stärker. Sie spürte, was für sie ein neues Gefühl war – die Bereitschaft, ihren Stolz zu demütigen, damit andere davon profitieren könnten.

„Ich habe nie Geld gespendet, ohne mich vorher von Ihrer Zustimmung überzeugt zu haben", sagte sie, „und ich verspreche Ihnen, meine öffentlichen Wohltätigkeitsorganisationen in Zukunft streng nach den von Ihnen gesetzten Beschränkungen zu regeln. Aber weigern Sie sich nicht, mich hier ein wenig arbeiten zu lassen – es wird nicht viel Geld kosten – unter den Armen vor unserer Haustür."

Anstatt ihn zu mildern, wie sie es sich durch diese Haltung der Demut erhofft hatte, schienen ihre Worte den gegenteiligen Effekt zu haben. Plötzlich hatte sie das Gefühl, dass es ihm Spaß machte, wenn sie sich an ihn wandte, denn es würde ihm die noch größere Freude bereiten, abzulehnen.

Er antwortete nicht sofort. Es schien ihm zu gefallen, sie warten zu lassen. Seine Handschuhe waren nun ordentlich an seinen langen, dünnen Händen befestigt, und mit großer Bedacht nahm er seine Streichholzschachtel heraus und machte sich daran, seine Zigarre anzuzünden. Sie bemerkte, dass er nicht um Erlaubnis gebeten hatte, wie er es sicherlich einmal getan hätte – wie er zweifellos auch einmal seinen Hut abgenommen hätte, während er mit ihr gesprochen hatte. Dennoch berührten sie diese Anzeichen einer verminderten Ehrerbietung ihr gegenüber nur wenig im Vergleich zu der Bedeutung, die sie seiner Antwort auf ihre Frage beimaß.

Sie beobachtete, wie er die Augen verengte, um dem Rauch zu entgehen, den er jetzt aus seiner gerade angezündeten Zigarre zog, und wartete darauf, dass er etwas sagte.

In kleinen Dingen stets äußerst vorsichtig, ging er zum Fenster, um das Ende des erloschenen Streichholzes wegzuwerfen. Plötzlich wurde ihr klar, dass er nicht die Absicht hatte, auf ihre letzten Worte zu antworten.

Vielleicht wollte er sie dazu bringen, ihn weiter zu drängen. Da rebellierte ihr Herz. Sie würde nicht. Dennoch war die Vorstellung, dass er mehrere Tage verreisen und die Frage ungeklärt lassen könnte, zu ärgerlich, um darüber nachzudenken. Als er zur Tür ging, sagte sie:

„Du hast mir nicht geantwortet."

„Ich bitte um Verzeihung", sagte er mit kühler Höflichkeit. „Ich habe dir am Anfang geantwortet. Ich wünsche Ihnen, dass Sie die Verwaltung der Mieterangelegenheiten dort belassen, wo sie eigentlich hingehören – bei mir."

Mit diesen Worten hob er seinen Hut, verneigte sich und ging.

Bettina stand dort, wo er sie zurückgelassen hatte, und zitterte vor Empörung über das Gefühl, von einer Person tyrannisch behandelt zu werden, die eine willkürliche Macht über sie ausübte, die sie nicht bestreiten konnte. Was hatte sie jemals getan, um eine solche Behandlung durch ihn zu verdienen? Wie konnte er es wagen, sie so zu behandeln?

Mit dem neugeborenen Instinkt der Rechtschaffenheit in ihr versuchte sie herauszufinden, ob es einen vernünftigen Grund für die wirkliche Abneigung gegen sie gab, die ihr Mann jetzt zu spüren schien. Obwohl sie ehrlich sein wollte, konnte sie an nichts außer der Tatsache denken, dass sie seinen Zügeln nicht gehorcht hatte. Er konnte es ihr kaum verübeln, dass sie ihn nicht liebte, denn er hatte sie geheiratet, ohne darum zu bitten; und außerdem, was wusste er von der Liebe, wie sie sie jetzt zu begreifen begann? Nein, es war nicht das, was ihm an ihr missfiel; Es war die Tatsache, dass sie, obwohl sie sich in den äußeren Dingen dazu entschloss, sich ihm anzupassen, er nie die Herrschaft über sie erlangt hatte, die seiner Meinung nach der Beziehung zwischen Lord und Lady Hurdly entsprach . Sie dachte an das Bild seiner sanftmütigen kleinen Mutter und seines herrschaftlich aussehenden Vaters.

KAPITEL X

Bettina war dem einsamen Nichtstun ihrer eigenen Überlegungen überlassen worden, bis ein paar Tage später die Monotonie ihres Lebens durch eines dieser plötzlichen Ereignisse unterbrochen wurde, die aufgrund ihrer ungeheuren Folgen nicht nur für uns das Gesicht der Natur zu verändern scheinen und den Aspekt der ganzen Außenwelt, sondern auch, um uns selbst in unserem Geist und Verstand zu verändern, sodass wir nie mehr die gleichen Geschöpfe sein können wie zuvor. Sie erhielt ein Telegramm mit der Nachricht, dass Lord Hurdly auf dem Jagdgebiet getötet worden sei.

Die arme Bettina hatte mit all ihren Fehlern und Einschränkungen etwas von der edlen Natur ihrer Mutter in sich, und dieser Teil ihrer etwas komplizierten Individualität war der Teil von ihr, der sich in letzter Zeit am meisten erweitert hatte. Ihre ersten Gefühle waren daher unvermischtes Mitleid und Bedauern. Sie dachte nicht an sich selbst und daran, wie sich alles für sie ändern würde. Ihr ganzer Gedanke galt ihm, der so lange in ihrem Kopf als Abbild des Stolzes und des unbändigen Eigenwillens existiert hatte, der nun aber in einem Moment zum Gegenstand ihres tiefsten Mitleids geworden war. Sie hatte im Zusammenhang mit ihm kaum jemals an den Tod gedacht. Er schien so gesund wie Stahl. Sie hatte ihn noch nie über das geringste Krankheitssymptom sprechen hören, und jetzt teilte ihr das Papier in ihrer Hand mit, dass er tot war.

Wie dankbar war sie, dass sie ihn bei ihrem letzten Gespräch nicht wütend angesprochen hatte! Wie sehr wünschte sie, sie hätte ihm zum Abschied nur ein einziges freundliches Wort gesagt! Allerdings hatte er ihr keine Gelegenheit gegeben; aber wenn sie es gewusst hätte –

Plötzlich brach sie in heftiges Weinen aus, und in diesem Zustand fanden sie sie, mit dem Telegramm auf dem Boden zu ihren Füßen.

„Wer hätte gedacht, dass meine Dame es so hart ertragen würde?" sagte Frau Parlett , als unten die aufregende Nachricht zu hören war. „Sie waren so ungezogen zueinander vor den Leuten! Aber manchmal sind sie es, die sich am meisten fühlen."

Diese Bemerkung war an Nora gerichtet, in der Hoffnung, eine Reaktion hervorzurufen, aber Nora war hervorragend darin, den Mund zu halten.

Sie allein wurde in die Gemächer ihrer Herrin eingelassen, wo Bettina in tiefer Aufregung blieb, während die Vorbereitungen für die Ankunft von Lord Hurdlys Leiche getroffen wurden. Nach ihrem tiefen Mitleid mit ihm galt ihr nächster Gedanke Horace. Er war der Erbe und nächster Verwandter. Mit plötzlicher Überraschung wurde ihr klar, dass er jetzt Lord Hurdly war.

Wie seltsam, wie völlig verwirrend schien dieser neue Zustand der Dinge! Ihr Verstand schien nicht in der Lage zu sein, die Seltsamkeit dieser neuen Bedingungen zu begreifen.

Bettina sah niemanden außer dem Pfarrer. Alles, was getan werden musste, war so schlicht und einfach, und es gab so viele fähige Hände, dass es kaum nötig war, sich mit ihr zu beraten. Sie bat den Rektor, an ihrer Stelle alle notwendigen Anweisungen zu geben. Mit tiefer Erleichterung dachte sie darüber nach, dass Horace nicht rechtzeitig zur Beerdigung eintreffen konnte. Vielleicht konnte sie irgendwohin entkommen, bevor er kam.

Diese Tage, als der Leichnam ihres Mannes in der Wohnung neben ihr lag und die Verwandten und Freunde sich versammelten, um ihm eine Ehre zu erweisen, die sie zu seinen Lebzeiten kaum zum Ausdruck bringen durften, markierten die Zeit des wahren Erwachens von Bettinas Seele. Das Gefühl der Freiheit, das ihr ihre Position nun sicherte, die Macht, zu tun und zu sein, was sie wollte, war wie Flügel für ihren Geist, und zum ersten Mal in ihrer Erfahrung trafen die Frau und die Stunde aufeinander.

Als sie zuvor die Freiheit gehabt hatte, ihr eigenes Leben zu gestalten, war ihre Vision so eingeschränkt, ihr Streben so gering, ihr Interesse an den Herzschlägen der großen Menschheit, von der ihr kleines Leben einen so kleinen Teil ausmachte, so verständnislos gewesen. dass sie sich nur um die engen Themen gekümmert hatte, die sie selbst beschäftigten. Aber jetzt, in der Stunde, in der sie wieder frei war, war sie eine andere Frau, und diese Frau hatte den leidenschaftlichen Vorsatz in ihrem Herzen, sich für die Bedürfnisse anderer einzusetzen.

Sie beschloss, dass ihr neues Leben beginnen sollte, sobald ihre Angelegenheiten geklärt waren. Die Zeit ihrer Ehe eröffnete ihr enorme Möglichkeiten, die sie unbedingt nutzen wollte. Diese würden Geld für ihre Durchführung benötigen, aber dass sie genug Geld haben würde, daran hatte sie nie gezweifelt. Bis zur Verlesung des Testaments würde natürlich nicht bekannt sein, welche Vorkehrungen für sie getroffen worden waren, aber Lord Hurdly war immer äußerst großzügig gewesen, was Geld anging, und sie hatte diesbezüglich keine Bedenken.

Endlich war die Beerdigung vorbei und das Haus hatte keine Gäste mehr. Verschiedene Cousinen und Freunde hatten ihre Bereitschaft gezeigt, zu bleiben und ihr Gesellschaft zu leisten, aber Bettina hatte es mit der Hilfe des Rektors geschafft, sie loszuwerden. Sie wollte allein sein und sich eine Vorgehensweise für die Zukunft ausdenken, denn sie befand sich immer noch in einem Zustand völliger Unangepasstheit an ihre neue Situation.

Es stellte sich heraus, dass Lord Hurdly ihr ein Einkommen von tausend Pfund hinterlassen hatte. Wie gering diese Versorgung für sie war, wurde ihr zum ersten Mal durch den Kommentar des Rektors klar, der in einem Ton gehalten war, der widerstrebend zensierend wirkte.

„Ich hätte nicht geglaubt, dass Lord Hurdly zu so etwas fähig wäre", sagte er. „Ich bin mir sicher, dass alle, denen sein ehrenhafter Ruf am Herzen lag, dies seinetwegen ebenso sehr bereuen müssen wie Ihretwegen."

„Ist es so wenig?" sagte Bettina, zu stolz, um Enttäuschung zu zeigen. „Tausend Pfund im Jahr scheinen eine ausreichende Summe für den Unterhalt einer Frau zu sein."

Kingdon Hall innehatte ." Ich wiederhole, dass ich es von Lord Hurdly nicht geglaubt hätte ."

Bettina hörte seine letzten eindringlichen Worte nicht oder nahm sie jedenfalls nicht bewusst zur Kenntnis. Sie war in die Betrachtung ihres neuen Zustands vertieft. Wie seltsam es schien!

Es war mehr als seltsam. Sie war schon zu lange im Besitz der Macht und Bedeutung, sozusagen die amtierende Lady Hurdly zu sein, als dass sie bei dem Gedanken, sich selbst ins Abseits gestellt zu sehen, keine echte Empörung verspürte. Es wäre nicht unbedingt so schlimm, wenn sie über genügend Mittel verfügt hätte, denn sie hatte sich einen Platz in der Welt geschaffen. Doch aufgrund der mitfühlenden Miene, mit der nicht nur der Pfarrer, sondern auch andere sie betrachtet hatten, war sie sich sicher, dass ihr die Möglichkeiten, die vom Geld abhingen, äußerst eingeschränkt sein würden; und sie hatte genügend Einblick in soziale Angelegenheiten, um zu wissen, wie der Besitz von Geld die Möglichkeiten erweiterte und das Fehlen von Geld die Macht einschränkte.

Sie konnte den Schmerz nicht leugnen, den es ihr bereitete, eine solche Position aufzugeben. Sie hatte sich so natürlich an Größe gewöhnt, dass es unglaublich schien, dass sie wieder in ein Leben der Dunkelheit versinken würde. Ehrlich gesagt gefiel es ihr nicht.

Und doch verspürte sie andererseits eine ungeheuchelte Freude darüber, dass Horace zu seinem Besitz kommen würde. Sie freute sich, dass kein Kind von ihr ihm jemals im Weg stehen würde. Sie hatte Grund zu der Hoffnung, dass er seine große Stellung zu großen Zwecken nutzen würde, denn der Rest all ihrer trüben und aufwühlenden Gedanken über ihn war eine Bewunderung für den Mann in seiner Einstellung zur Welt, egal wie sehr sie seine Einstellung immer noch verärgerte gegenüber sich selbst. Daß letzteres so war, brauchte es keinen stärkeren Beweis als ihren eifrigen Vorsatz, Kingdon Hall zu verlassen – wenn möglich außer Landes –, bevor der Mann eintraf, dessen Platz einst ihr Mann eingenommen hatte und der in einem anderen Sinne , sollte nun seines nehmen.

KAPITEL XI

Es dauerte einige Zeit, bis Bettina die veränderten Lebensbedingungen erkannte, die sich aus der äußerst geringen Versorgung ihres Mannes ergaben. In England, in der einzigen Gesellschaft, die sie kannte, würde es nach dem, was sie dort immer gehabt hatte, nur ein Hungerlohn sein; aber in Amerika, in ihrem alten Zuhause, das sie immer behalten hatte, als ihre Mutter es hinterlassen hatte, würde es fast zu Reichtum kommen. Manchmal dachte sie daran, endgültig dorthin zurückzukehren und die große Welt zu verlassen, in der sie so wenig Freude gefunden hatte. Aber es war diese Welt, die ihr, wie sie jetzt wusste, den besten Ersatz für Freude bieten konnte – eine aktive und interessante Beschäftigung. Nachdem sie die Inspiration dazu erkannt hatte, war die Stagnation ihres alten Zuhauses nicht für die Dauer anzunehmen. Es schien ihr jedoch das Beste zu sein, für kurze Zeit dorthin zu gehen, um sich um die Geldinteressen zu kümmern, die ihr jetzt wichtig wurden, und von dort aus nach etwas Arbeit für die Fähigkeiten zu suchen, deren Besitz sie erst kürzlich erkannt hatte.

In ihrem Herzen spürte sie nur einen gewissen verletzten Stolz über die veränderte Lage, zu der ihr Mann sie absichtlich verdammt hatte. Sie hatte das Gefühl, dass es seine Art war, sie dafür zu bestrafen, dass sie keine anpassungsfähigere Ehefrau gewesen war. Es war ihm in seinem Leben nicht gelungen, ihren Stolz zu demütigen; er würde es also jetzt tun. Sie hatte das Gefühl, dass er eine solche Absicht gehabt haben musste.

Dieser Instinkt wurde vom Familienanwalt bestätigt, der ihr, als er zu einem geschäftlichen Gespräch kam, erzählte, Lord Hurdly habe ihm gegenüber die Vermutung und sogar den Wunsch geäußert, dass sie nach Amerika zurückkehren sollte, um dort zu leben.

Unter anderen Umständen hätte der Wunsch ihres Mannes ihre Entscheidung stark beeinflusst, aber unter diesen hatte er überhaupt kein Gewicht. Sie konnte sich des Gefühls nicht erwehren, hart behandelt worden zu sein. Es war nicht der tatsächliche Geldverlust, der sie störte; es war die damit implizierte Geringschätzung. Sie hatte Lord Hurdly geheiratet , ohne den Anschein zu erwecken , ihn zu lieben. Das hatte er nicht von ihr verlangt; und sie hatte ihr Bestes getan, um ihre Position als seine Frau gemäß seinen Wünschen aufrechtzuerhalten. Diese standen oft im Widerspruch zu ihren eigenen, aber in solchen Fällen hatte sie immer nachgegeben. Sie hatte daher das Gefühl, ungerecht behandelt worden zu sein.

Der größte Schmerz dieses Gefühls stand im Zusammenhang mit dem Gedanken an Horaz. Sie errötete vor Scham, als sie darüber nachdachte, dass er zwangsläufig wusste, dass der Mann, für den sie ihn aufgegeben hatte, sie so geringschätzig behandelt hatte. Aus diesem Gedanken heraus verspürte sie den wilden Drang, nach Amerika zu fliehen, wo er sie nie wieder sehen oder hören sollte. Geschäftliche Angelegenheiten zwangen sie, für kurze Zeit in England zu bleiben, aber sie war fest entschlossen, es zu verlassen, bevor Horace eintraf.

Eines Morgens erhielt sie ganz unerwartet eine Telegrammdepesche von ihm. Es war an Lady Hurdly in Kingdon Hall gerichtet und lautete: „Bitte bleiben Sie und handeln Sie für mich, bis ich eintreffen kann. Unvermeidlich hier festgehalten. – SPOTSWOOD.“

Diese direkte Nachricht des jungen Liebhabers, der ihrem Leben einst so nahe gewesen war, löste bei Bettina seltsame Gefühle aus. Sie wusste, dass Mr. Cortlin , der Anwalt der Familie, ihm geschrieben hatte, dass sie so schnell wie möglich weggehen würde, und er war natürlich über alle Bedingungen des Testaments seines Cousins informiert worden. Ihm war nicht ein Penny übriggeblieben, außer dem, was ihm gesetzlich zusteht; Doch Lord Hurdlys persönliches Vermögen hatte einen unbedeutenden Teil des Nachlasses ausgemacht, so dass Horace nun ein Mann von großem Reichtum und Träger eines alten und edlen Titels war.

Die Unterschrift zu diesem Telegramm war eines der Dinge, die Bettina berührten. Die Telegramme an die Anwälte, den Rektor und andere waren mit „ Hurdly “ unterzeichnet. Mehrere davon hatte sie gesehen. Es schien ihr daher ein sehr zarter Instinkt zu sein, der ihn dazu veranlasst hatte, bei der Anrede nicht den Namen ihres Mannes zu verwenden. Er war immer feinfühlig in seinen Intuitionen und Ausdrücken gewesen, oder zumindest schien es so.

Die Wirkung dieses Telegramms auf Bettina bestand darin, dass sie in ihren Plänen noch verwirrter und unsicherer wurde als zuvor. Sie verspürte den starken Instinkt, ein Wiedersehen mit Horace zu vermeiden, und doch hatte dieses Telegramm die Form einer Bitte, und sie konnte es kaum ablehnen, ihm einen Gefallen zu tun. Mitten in ihrer Verwirrung überbrachte ein Diener die Nachricht, dass Mr. Cortlin angekommen sei, und bat um einen Besuch.

Als der Anwalt mit seiner üblichen unterwürfigen Verbeugung eintrat, empfing Bettina ihn mit eher kalter Höflichkeit. Ihr Auftreten war seit ihrem Abstieg auf der Skala gesellschaftlicher und finanzieller Bedeutung deutlich hochmütiger geworden.

Mr. Cortlin nahm nicht den Platz ein, zu dem sie ihn eingeladen hatte, sondern blieb stehen, den Hut in der Hand, als er sagte:

„Ein ehemaliger Kunde von mir und Freund seiner verstorbenen Lordschaft, Mr. Fitzwilliam Clarke, der vor etwa einem Jahr starb, hinterließ in meiner Aufbewahrung einen Brief an Ihre Ladyschaft, den er mir anwies, ihn nach dem Tod von Lord Hurdly persönlich zu überbringen . Ich bin jetzt gekommen, Mylady, in der Erfüllung dieses Vertrauens."

Bettina sah ihn erstaunt an.

„Da muss ein Fehler vorliegen", sagte sie. „Ich kenne keinen Mr. Fitzwilliam Clarke. Ich habe seinen Namen noch nie gehört."

„Das mag sein, Mylady, aber es ist kein Fehler. Dieser Brief war für Sie bestimmt."

Bettina nahm den Brief, den er ihr hinhielt, und öffnete ihn mit einer gewissen ungläubigen Eile. Im selben Moment ging Herr Cortlin zu einem Fenster und stand dort mit dem Rücken zugewandt, während Bettina die folgenden Sätze las:

„ MEINE LIEBE DAME HURDLY , – sollte Ihnen dieser Brief jemals in die Augen kommen, werden Sie zu diesem Zeitpunkt Witwe sein, da ich die Anweisung hinterlassen habe, dass er nur für den Fall zugestellt wird, dass Sie Ihren Ehemann überleben. Zu diesem Zeitpunkt werde ich in die unbekannte Welt gegangen sein, wo ich, wenn solche Dinge möglich sind, mit Lord Hurdly eine Vereinbarung getroffen haben werde, die aufgrund der harten Bedingungen, die er mir auferlegte, in diesem Leben unmöglich war. Aber bevor ich die Welt des menschlichen Lebens und Handelns verlasse, möchte ich sicherstellen, dass zumindest ein Unrecht, das durch mich entstanden ist, von mir wiedergutgemacht wurde. Ich bin mir bewusst, dass der Bruch Ihrer Eheverlobung mit Mr. Horace Spotswood hauptsächlich durch einen Brief verursacht wurde, den Lord Hurdly Ihnen vorgelegt hat und der angeblich von einer absolut vertrauenswürdigen Quelle stammte – einem Mann, der vor Ort war und ein persönlicher Ansprechpartner war Freund von ihm. Ich war dieser Mann. Ich war vor Ort, weil ich von Lord Hurdly dorthin geschickt wurde , um diesen Brief zu schreiben. Aus Gründen, auf die ich nicht einzugehen brauche, hatte er mich in seiner Gewalt, und bis einer von uns tot ist, kann er mich zwingen, seinen Willen zu tun. Wenn Sie diesen Brief jemals in der Hand halten und diese Worte lesen, werden wir beide tot sein, und mit diesem Brief möchte ich Wiedergutmachung für ein niedriges und grausames Unrecht leisten, das ich einem ehrenwerten und hochgesinnten Herrn zugefügt habe. Ich meine den Mann, der, wenn Sie diese Worte lesen, den Namen und Titel Lord Hurdly tragen wird . Die Dinge, die ich über ihn geschrieben habe, stehen im absoluten Widerspruch zur Wahrheit, denn ein edleres und treueres Herz schlägt nie. Sie könnten jede Zusicherung, die ich Ihnen gebe, in Misskredit bringen, und ich verlange nicht, dass meine Worte akzeptiert werden. Ich erwarte lediglich, dass Sie meiner Aussage genügend Aufmerksamkeit schenken, um die Angelegenheit selbst zu untersuchen. Er ist wohlbekannt, und sobald Ihre Ohren geöffnet sind, werden Sie genug hören, um Ihnen zu beweisen, dass ihm Unrecht getan wurde. Dass ich ihm Unrecht getan habe, obwohl ich widerwillig und aufgrund einer Macht, der ich nicht widerstehen konnte, ist das traurigste Bewusstsein meines Lebens.

„Dass ich mit diesem Brief möglicherweise etwas tun kann, um dieses Unrecht wiedergutzumachen, wie spät es auch sein mag, ist mein größter Trost beim Verlassen der Welt." Ich werde in jedes Leben, das ich gehe, einen unausrottbaren Groll gegen den Mann mitnehmen, der Lord Hurdly war, und ich hinterlasse die glühendsten und bewunderndsten Wünsche meines Herzens für den Mann, der, wenn Sie dies lesen, den edlen Namen tragen wird und Titel, den sein Vorgänger, wenn man die Wahrheit über ihn erfahren könnte, so mit Verrat befleckt hat, um den unbeugsamsten Egoismus zu fördern, den ein sterblicher Mensch je kannte.

„Abschließend bitte ich Ihre Herrlichkeit, wie ich es auch von der ganzen Welt tue, um ein so sanftes Urteil, wie es christliche Herzen finden mögen, um jemandem zuzusprechen, dessen Sünden, obwohl viele, eher Schwäche als Bosheit waren, und der das getan hat böses Werk eines böswilligen Mannes, weil er nicht die Kraft hatte, dem zu trotzen, was dieser Mann in seiner Macht und Absicht mit ihm als Strafe für den Widerstand seines Willens tun wollte.

„Der reuige und unglückliche Diener Eurer Ladyschaft,

„ FITZWILLIAM CLARKE. ”

Bettina hatte beim atemlosen Lesen dieses Briefes vergessen, dass sie nicht allein war. Als sie es beendet hatte und es wieder in den Umschlag steckte, warf sie einen Blick zum Fenster und sah dort Mr. Cortlins Gestalt, die halb von den schweren Vorhängen verdeckt war.

"Herr. Cortlin ", sagte sie in einem Tonfall, der ihn schnell an ihre Seite rief, „ich möchte fragen, ob Sie oder eine andere Person Kenntnis vom Inhalt dieses Briefes haben."

„Ich kann nur für mich selbst antworten, Mylady. I hatte nicht. Es wurde mir versiegelt übergeben, so wie Sie es gefunden haben, und kein Hinweis auf seinen Zweck verrät mir."

„Hatten Sie eine persönliche Kenntnis und Bekanntschaft mit diesem Mr. Clarke?" fragte sie als nächstes.

„Das hatte ich, Mylady. Er stand im Vertrauen seiner verstorbenen Lordschaft, die ihm viele seiner Privatangelegenheiten anvertraute ."

„Der Mann hatte eine große Verpflichtung gegenüber Lord Hurdly , nicht wahr?"

„ Das habe ich verstanden, meine Dame. Früher war er in der Armee, und ich habe gehört, dass es eine dunkle Geschichte über ihn gab. Ich habe sogar gehört, wie er bei ihm zugeschriebenen Karten betrogen hat, und es hieß, dass Lord Hurdlys Einfluss und seine Freundschaft alles waren, was ihn rettete. Die Geschichte wurde vertuscht, aber er trat zurück."

Bettina folgte diesen letzten Worten kaum. Ein Gefühl widerlicher Verwirrung ließ ihren Kopf herumwirbeln. Die Offenbarung dieses Briefes war zu viel für sie. Die Vergangenheit hatte sie wie ein verhängnisvoller Fluch ergriffen, den sie nie abschütteln konnte, und das Wissen, das ihr durch diesen Brief zuteil geworden war, verstärkte seine Bitterkeit noch um das Tausendfache.

Was die Zukunft anbelangte, wagte sie nicht, einen Schritt vor ihren Füßen zu sehen. Mit dem Bewusstsein durchs Leben zu gehen, dass Horace Unrecht getan hat, ohne es zu erklären, war ein Gedanke, bei dem sie schauderte. Es war jedoch unmöglich, es unter den gegebenen Umständen zu erklären. Die Aufregung dieses Interviews hatte sie fast überwältigt. Mr. Cortlin sah es, klingelte nach ihrer Zofe und zog sich schweigend zurück. Als Nora kam, fand sie ihre Herrin totenbleich und beinahe bewusstlos vor.

Nach diesem für sie in vielerlei Hinsicht so bedeutsamen Interview sehnte sich Bettina danach, wegzukommen – ganz , ganz weit weg in eine andere Welt –, bevor der Herr von Kingdon Hall diese betreten hätte. Sie tat ihr Bestes, um seinen Platz einzunehmen und in den Angelegenheiten, die sofortige Aufmerksamkeit und Entscheidung erforderten, für ihn zu handeln. Sie konnte es nicht ablehnen, dies zu tun, aber sie sehnte sich danach, fort zu sein, ganz für sich zu sein, damit sie dem Leben besser ins Gesicht sehen und sehen konnte, was sie mit dem elenden Rest ihrer Existenz anfangen konnte. Sie hatte jeden Gedanken daran aufgegeben, sich in England niederzulassen, und es gab kein anderes Land, für das sie ein tiefes Interesse hegte, abgesehen von dem traurigen Interesse, das mit dem Grab ihrer Mutter verbunden war.

Hurdly mitzuteilen , dass sie auf seinen Wunsch hin ihre Abreise nach Amerika um eine Weile verschieben würde, dass sie jedoch äußerst daran interessiert sei, so schnell wie möglich auszureisen. Sie bat ihn auch, bei seiner Ankunft zu telegrafieren, sobald er entsprechende Pläne machen könne.

Die Tage waren für Bettina in vielerlei neuer und ernster Hinsicht aktive Tage. Es gab zahlreiche geschäftliche Angelegenheiten, zu denen sie konsultiert werden musste, und diese gaben ihr einen Einblick in die Angelegenheiten des Anwesens, der ihr viel deutlicher als je zuvor zeigte, wie notwendig es für eine Reform war, und in ihr ihren sehnlichen Wunsch nach einem neuen Leben erweckte diese Reformen einreichen. Doch von all diesen Gedanken wandte sie sich voller Kummer ab.

Es gab bestimmte Besuche von Lord Hurdlys Verwandten, die entgegengenommen werden mussten, eine Tortur, die Bettina sehr auf die Probe gestellt hätte, wenn sie diese nicht zum Anlass genommen hätte, Horace Spotswoods Charakter, Wesen, Handlungen, Interessen, Gewohnheiten usw. zu untersuchen. , zu der ihr der schicksalhafte Brief geraten hatte. Sie hatte nie den geringsten Zweifel an der Wahrheit jedes Wortes gehabt, das in diesem Brief enthalten war, aber es war eine Art bitteres Vergnügen, mit diesen Leuten zu sprechen und ihnen ihre Freude darüber zum Ausdruck zu bringen, Horace als Oberhaupt der Familie zu haben ihre Zuversicht, dass diese Tatsache für sie alle Freude und Nutzen bringen würde. Aus ihrer glühenden Wertschätzung für ihn leitete Bettina die Tatsache ab, dass sie den Herrn, den Hurdly kürzlich bei seinen Vorfahren zur Ruhe gebracht hatte, allgemein ablehnten.

Dennoch war es eine Erleichterung, als alle Gäste weg waren und sie mit den süßen und bitteren Gefühlen ihrer letzten Tage als Herrin von Kingdon Hall allein zurückgelassen wurde. Der weltliche Geist in Bettina war, so vermindert er auch war, nicht ganz verschwunden und würde auch nie verschwinden, solange sie jung, gesund und so schön war. Diese Eigenschaften brachten eine gewisse Liebe zur Zurschaustellung mit sich, und obwohl es eine Prüfung war, die man mit Würde ertragen musste, war es dennoch eine Prüfung für sie, daran zu denken, den herrlichen Platz, den sie ein oder zwei Jahre lang innehatte, für immer zu verlieren tolle Welt.

KAPITEL XII

Eines Morgens schrieb Bettina in der Bibliothek, als ihre Aufmerksamkeit durch das Geräusch näherkommender Schritte geweckt wurde. Im nächsten Moment verkündete ein Diener:

„Herr Hurdly ."

Bei diesem Namen zuckte sie heftig zusammen. Sie war so lange daran gewöhnt, es mit einer Person in Verbindung zu bringen, und vergaß für einen Moment, dass es jetzt eine andere trug. Als sie erschrocken und erwartungsvoll aufstand, trat durch die von der Dienerin zurückgehaltene Portière ein Mann ein, dessen scharfe Unähnlichkeit mit dem Bild in ihrem Kopf sie zu Atem stocken ließ.

Im nächsten Moment wusste sie, dass es Horace war und bemerkte, dass sie von Kopf bis Fuß zitterte. Die Breite des Zimmers lag zwischen ihnen, denn er war direkt vor der Tür stehengeblieben und winkte dem Diener zu, sich zurückzuziehen.

Er stand einen Moment schweigend da.

Vielleicht erschrak sie nicht mehr über die Überraschung, die sein Anblick hervorrief, als er über ihren Anblick; aber die Qualität der Überraschung war anders. Es war ihre Schönheit, ihre bisher nicht in Erinnerung gebliebene Schönheit, die ihn gefangen genommen und in ihren Bann gezogen hatte. Er hatte sie vor Kummer um ihre Mutter krank gemacht, die Farbe war aus ihren Wangen verschwunden, ihre Augen waren vom Weinen trüb geworden. Darüber hinaus lag in ihrem Gesichtsausdruck eine Apathie, die seine leidenschaftlichen Worte nicht beseitigen konnten. Abgesehen von diesen inhärenten Dingen bildeten die äußeren Punkte einen deutlichen Kontrast zu den gegenwärtigen. Dann hatte man ihre etwas zu schlanke Figur in dörfliche Gewänder gekleidet und ihr schönes Haar nachlässig aufgesteckt, ohne Rücksicht auf Mode oder Wirkung.

Nun stand ihm eine Frau gegenüber, der die Natur eine seltene Schönheit verliehen hatte und für die die Kunst auch in äußerlicher Hinsicht ihr Bestes getan hatte. Zwar war sie von Kopf bis Fuß in schlichtes, schlichtes Schwarz gekleidet, aber kein anderes Kostüm hätte ihre leuchtende Schönheit der Farben oder die reine Korrektheit ihrer Umrisse so vortrefflich zur Geltung bringen können.

Während der wenigen Sekunden, in denen sie einander ansahen, hatte sie auch eine große Veränderung in ihm wahrgenommen. Es hatte einen ganz anderen Charakter, übte aber umso mehr Anziehungskraft auf sie aus, da er auf ein geheimnisvolles Alter gealtert war. Die östliche Sonne hatte nicht nur die einst rötlichen Farbtöne seiner Haut in Bronze verwandelt, sondern er hatte auch Fleisch verloren, und in seinem Haar waren graue Strähnen zu sehen. Auch seine Figur war karger, aber sie wirkte kraftvoller als je zuvor; und noch deutlicher war der zusätzliche Ausdruck von Stärke in dem vertrauten und dennoch subtil veränderten Gesicht.

Es gab keine Pause, die lange genug war, um peinlich zu sein, bevor er sprach.

„Ich hoffe, Sie entschuldigen mich", sagte er (und oh, die Stimme war auch verändert, es sei denn, sie hatte den satten, vibrierenden Ton darin vergessen!), „dass ich so plötzlich auf Sie gestoßen bin." Ich weiß, ich hätte eine Warnung aussprechen sollen, aber ich hatte meiner Meinung nach einen ausreichenden Grund, dies nicht zu tun. Ich hoffe inständig, dass Sie mir zustimmen werden, wenn Sie es gehört haben."

„Bitte setzen Sie sich", sagte Bettina mechanisch und aus dem bloßen Instinkt heraus, gewöhnliche Formen zu beachten. Kaum hatte sie gesprochen, fiel ihr ein, dass es sein eigenes Haus war, dessen Ehre sie ihm erwies. Wenn er sich auch daran erinnerte, ließ er es sich nicht anmerken, denn er nahm den Stuhl ein, den sie ihm mit dem üblichen „Dankeschön" eines gewöhnlichen Besuchers zeigte.

Auch Bettina war in ihren Stuhl gesunken und saß ganz still da, die weißen Hände auf dem dichten Schwarz ihres Kleides verschränkt. Sie konnte nicht sprechen, doch sie fürchtete, er könnte in der Stille den Schlag ihres Herzens hören. Die sanften Schläge waren für sie deutlich zu hören, und das ganze Blut schien aus ihren Wangen geflossen zu sein.

„Jedenfalls hätte ich gezwungen sein müssen, bald nach England zu kommen", sagte ihre Begleiterin, „aber ich hätte es länger aufschieben sollen, wenn ich es nicht für wichtig gehalten hätte, Ihretwegen zu kommen."

Bettinas Augen drückten eine fragende Überraschung aus.

"Auf meinem Konto?" sagte sie vage.

„Sicherlich", war die prompte, entschiedene Antwort. „Die einzige Verantwortung, die mir in meiner neuen und seltsamen Position zukommt, besteht darin, die Ehre und den Kredit des Namens zu schützen, den ich angenommen habe. Sie werden mir verzeihen, dass dies von den Bestimmungen des Testaments des verstorbenen Lord Hurdly ernsthaft, ich könnte sogar sagen, beschämend, missachtet wurde ."

Bettinas Augen hatten immer noch diesen vagen und verwirrten Ausdruck. Sie hatte nicht das geringste Verständnis dafür, was er meinte. Konnte er sich darüber ärgern, dass sein Cousin ihn, soweit es ihm möglich war, enterbt hatte? Aber nein, das war unmöglich. Während sie still und erwartungsvoll blieb, fuhr er fort:

„Da er sich entschieden hat, die Pflicht und die Würde seiner Position zu missachten, ist es meine Aufgabe, die ich nun seinen Namen tragen muss, dieses Unrecht wiedergutzumachen, soweit es in meiner Macht steht. Aus diesem ausdrücklichen Grund bin ich jetzt hier, um mit Ihnen zu sprechen."

Bettina sah immer noch verwirrt aus.

„Ich verstehe nicht genau, inwiefern Ihnen das Testament missfallen hat", sagte sie. „Vieles davon habe ich kaum verinnerlicht. Aber auf jeden Fall gibt es für mich nichts zu tun. Wie Sie wissen, wurden meine Dienste nicht in Anspruch genommen, und es gibt sicherlich keinen Platz dafür. Ich habe überhaupt nichts mit der Ausführung von Lord Hurdlys Willen zu tun. Tatsächlich habe ich alle Pläne, sofort nach Amerika zurückzukehren."

„Ihre Entscheidung überrascht mich nicht", sagte er mit einem gewissen Groll in seiner Stimme, den sie nicht verstand. „ Sicherlich wäre es für Sie selbstverständlich, den Staub dieses Landes von Ihren Füßen abzuschütteln. Aber wo auch immer Sie sich entscheiden, für die Zukunft zu leben, es ist meine Pflicht, dafür zu sorgen, dass Sie so leben, wie es der Witwe von Lord Hurdly gebührt , und aus diesem Grund bin ich beeilt, hierher zu kommen, bevor Sie gehen sollten."

ihm auf sie ausgeübt hatten, strömte Farbe in ihre blassen Wangen. Ihr erstes Gefühl war ein zutiefst verletzter Stolz.

„Sie hätten sich diese Eile vielleicht ersparen können", sagte sie. „Wenn Sie sich die Mühe gemacht hätten, mir zu schreiben, hätte ich Ihnen die lange und eilige Reise ersparen können. Anstatt mehr Geld zu haben, als mir gesetzlich zusteht, ist es meine Absicht und Entscheidung, nichts zu nehmen. Ich habe genug Eigenmittel, um auf die einfache Art und Weise zu leben, wie ich auch für die Zukunft leben werde. Hälten Sie so schlecht von mir, dass Sie annahmen, ich würde nach mehr greifen, als mein Mann für richtig hielt, mich zu verlassen – oder Geld aus Ihren Händen zu nehmen?"

Es war ihr Instinkt des Stolzes, der sie dazu veranlasst hatte, die Worte „mein Ehemann" zu verwenden, von denen ein anderer Instinkt sie im selben Moment zurückweisen wollte. Aber Stolz war jetzt das höchste Gefühl ihres Herzens, und es gab ihr plötzlich die nötige Kraft für die Not dieser Stunde.

„Dies ist in keiner Weise eine Frage zwischen Ihnen und Ihrem verstorbenen Ehemann", sagte Horace. (Gab es in ihm nicht auch ein gewisses Zögern bei diesem Wort, und zwang ihn nicht das gleiche Gefühl wie in ihr, es zu benutzen?) „Es ist auch keine Frage zwischen dir und mir. Die offensichtlich einfache Frage ist, welche Anstandsregeln hinsichtlich der Art und Weise erfordern, wie für die Witwe von Lord Hurdly gesorgt wird. Es liegt in meinem eigenen Sinn für die Würde meiner Stellung, dass die Witwe des verstorbenen Lord Hurdly ihren Namen und Titel verdient, und ich bin entschlossen, dafür zu sorgen, dass dies geschieht."

„Entschlossen", sagte sie mit einem gewissen Trotz in ihrem ruhigen Tonfall, „ist nicht das richtige Wort für diesen Fall. Sie können entscheiden, was Sie wollen, aber was nützt es, wenn ich beschließe, keinen Penny anzurühren, der weder dem verstorbenen noch dem jetzigen Lord Hurdly gehört ? Sie achten sehr auf die Würde Ihrer Position. Ich muss auch auf meine schauen, die du seltsamerweise vergessen zu haben scheinst."

Sein Gesichtsausdruck zeigte ihr deutlich, dass diese Worte tief in sein Bewusstsein eingedrungen waren. Ein schnelles Bedauern erfasste ihr Herz, aber ihr Stolz war immer noch auf die Überlegenheit gerichtet und ermöglichte es ihr, das Gefühl zu unterdrücken.

„Ich habe es nicht vergessen", sagte er. „Weil ich mir der Würde Ihrer Position bewusst war, habe ich Sie zu dieser Sache aufgefordert. Die Bedingungen des Testaments müssen nicht allgemein bekannt sein, wenn Sie das richtige und angemessene Einkommen annehmen wollen, das ich mir vor allem wünsche. Können Sie nicht glauben, dass ich aufrichtig bin in meinem Wunsch, die Demütigung zu beseitigen, die Ihnen ein Mitglied meiner Familie zugefügt hat, und der Träger eines Namens und einer Position vor mir, deren Anerkennung nun meine Pflicht ist? Und können Sie mir nicht gerade genug und freundlich genug glauben, dass Sie wünschen, dass dies sowohl für Sie als auch für mich geschieht?"

Bettinas Gesicht blieb stolz und hart. Wenn die Sanftmut im Gesichtsausdruck ihres Begleiters, die Freundlichkeit seines Benehmens, der zarte Respekt seiner Töne das Herz ihrer Frau irgendwie ansprechen konnten, erlaubte ihr die Allmacht ihres Stolzes, dies zu verbergen. Aber der Kampf zwischen den beiden im Krieg stehenden Gefühlen in ihr verlangte verzweifelt nach ihrer Kraft. Sie meinte, sie täte gut daran, dieses Interview so schnell wie möglich zu beenden. Zu diesem Zweck sagte sie plötzlich:

„Ich bin bereit, Ihren Motiven voll und ganz gerecht zu werden, aber sie können mein Handeln nicht beeinflussen. Mein Entschluss steht fest. Ich werde sofort nach Amerika zurückkehren, und dort wird der Ruf von Lord Hurdlys Namen keinen Schaden nehmen, da ich praktisch nicht mehr auf der Welt sein werde. Sicherlich werde ich für immer aus der Welt entfernt sein, in der er sein Leben verbringen wird. Glaube nicht, dass ich es bereuen werde. Ich will nicht. Meine Erfahrung in eurer Welt hat mir gezeigt, dass der bloße Besitz von Geld, Rang, Position und Einfluss machtlos ist, um Glück zu bringen. Ich dachte einmal, dass ich Freude und Befriedigung daraus ziehen könnte, wenn ich diese hätte , aber ich habe mich geirrt. Meine Natur liebte Wichtigkeit und Zurschaustellung, aber ich verwechselte das

Unwesentliche mit dem Wesentlichen. Wenn ich all diese äußeren Dinge gehabt hätte, zusammen mit der Befriedigung der inneren Bedürfnisse, hätten sie mich vielleicht glücklich gemacht. An sich habe ich bewiesen, dass sie wertlos sind."

Sie war gezwungen, diese Worte zu sagen. Die intime Kenntnis des Charakters ihres Mannes, die sie nach der Heirat erlangt hatte, weckte in ihr den Wunsch, dass Horace wusste, dass sie niemals seine Frau hätte werden können, wenn sie den Mann wirklich so verstanden hätte, wie er ihn vielleicht die ganze Zeit gekannt hatte. Es war ihr unmöglich, ihm das zu sagen, aber sie nutzte begierig die Gelegenheit, ihm mitzuteilen, dass sie gegenüber ihrem verstorbenen Ehemann keine Pflicht hatte, die über die bloße formelle Verpflichtung ihrer Ehefrau hinausging. Sie konnte Horaces Gedanken nicht ertragen, dass sie ihn geliebt hatte. Selbst jetzt, unter dem mildernden Einfluss, den der Tod mit sich bringt, war ihr dieser Gedanke unerträglich. Ganz abgesehen davon, dass er sie in seinem Testament behandelte, was für sie in der Tat merkwürdig wenig war. Es war die Erinnerung an die listige und gewöhnliche Natur unter dieser polierten Fassade, die sie jetzt vor dem Gedanken an ihn zurückschrecken ließ.

Wenn dieses Gefühl durch den Kontrast der Persönlichkeit, die ihr jetzt gegenüberstand, verstärkt wurde, wie konnte man ihr dann die Schuld geben? Sicherlich hätte der Mann, der vor ihr stand, den Herzenswunsch jeder Frau als Liebhaber, Begleiter und Freund erfüllen können. Wie ihr Gewissen sie wegen der Zweifel, die sie einst an ihm gehabt hatte, quälte! Als sie sich daran erinnerte, wessen Verrat diese Zweifel hervorgerufen hatte, empfand sie Hass in ihrem Herzen.

Sie wollte nicht, dass er den Ausdruck dieses Gefühls in ihrem Gesicht sah, also stand sie abrupt auf und wandte sich von ihm ab. Als hätte er sie verstanden, stand auch er auf und durchquerte den Raum zu dem Schreibtisch, an dem sie an seinem Eingang gesessen hatte.

Hier lagen gestapelte Papiere und Memoranden im Zusammenhang mit den Besitztümern von Kingdon Hall. Offensichtlich erkannte er ihren Charakter, denn er sagte:

„Zumindest haben Sie sich nicht geweigert, mir die Hilfe zu geben, um die ich gebeten habe. Ich habe mit Kirke gesprochen und er hat mir erzählt, dass Sie sich für die Angelegenheiten der Mieter interessieren. Danke dafür."

In einem Augenblick verwandelte sich die Bitterkeit in Bettinas Herzen in eine neue und sanftere Emotion. Sie sah die Gelegenheit, jetzt das zu bewirken, wozu sie in der Vergangenheit so machtlos gewesen war. Sie vergaß alles andere, trat schnell an seine Seite und nahm eines der Papiere entgegen. Dies war in ihrer eigenen Handschrift und war ein Memorandum von einiger Länge. Sie hielt es einen Moment von ihm weg, ihr Gesicht wurde rot und ein Ausdruck des Zögerns war darauf zu erkennen.

„Ich hatte nie vor, dass du das siehst", sagte sie. „Ich habe vor langer Zeit damit begonnen und musste es aufschieben; aber vor kurzem habe ich es wieder aufgegriffen, ohne wirklich zu wissen warum, außer dass mein ganzes Herz dabei war."

"Was ist es?" er hat gefragt. „Ich bitte Sie, lassen Sie es mich sehen."

„Nein", sagte sie. „Es ist nicht meine Angelegenheit, und das muss ich bedenken. Es handelt sich um einige äußerst bedauerliche Tatsachen, die ich über die Verwaltung der Kingdon- Hall-Anwesen entdeckt habe, aber –"

„Dann ist es meine Sache", unterbrach er sie; „Und da Sie wissen, was diese Missbräuche sind, und sie untersucht haben, werden Sie mir sicherlich nicht die Hilfe vorenthalten, die Sie geben könnten. Ich bitte darum um einen Gefallen."

Bettina zögerte immer noch, aber er konnte sehen, dass sie sich danach sehnte, nachzugeben. Er konnte sich auch vorstellen, was sie zurückhielt.

„Nicht um mir einen Gefallen zu tun", beeilte er sich hinzuzufügen; „Ich appelliere an Sie im Namen dieser armen Mieter, die so lange vernachlässigt und misshandelt wurden. Das ist für mich nichts Neues. Ich habe schon als kleiner Junge miterlebt, wie es hier weiterging, und ich kann wirklich sagen, dass fast die einzige Freude, auf die ich mich bei der Nachfolge auf den Landgütern gefreut habe, die Wiedergutmachung dieses Unrechts war. Sicherlich werden Sie sich nicht weigern, mir dabei zu helfen."

Als Antwort richtete Bettina ihn mit einem Paar glühender Augen an, in denen Tränen schwammen.

„Oh, wirst du wirklich diese gesegnete, herrliche Sache tun?" Sie sagte. Sie hatte sich für einen Moment vergessen und dachte nur an sie – die elenden Wesen, deren Unrecht sie so lange unterdrückt hatte und die, wie es schien, endlich Gerechtigkeit, Fürsorge und Güte erfahren sollten. „Sie wissen nicht, wie abscheulich der Zustand dieser armen Kreaturen ist und wie unmöglich es für mich in der Vergangenheit war, etwas zu tun. Ich denke, es gibt jemanden , der mich endlich davon erzählen lässt und mir die Hilfe gibt, die so nötig ist! Aber mit einem Verwalter wie Kirke kann man nichts anfangen. Sein Herz ist so kalt wie Eis."

„Kirke soll sofort gehen. Ich habe lange geglaubt, dass er seiner Position unwürdig war. Wenn Sie mir Ihre Nachforschungen und Einblicke in die Situation zugutekommen lassen, ersparen Sie mir viel Ärger, und Sie können auch spüren, dass diese armen Menschen der Linderung ihrer Not viel näher kommen werden."

Bei diesen prompten , entschlossenen Worten schwoll ihr Herz an, und wieder traten ihr Tränen in die Augen.

„Oh, Gott sei Dank, dass du ihnen helfen wirst!" Sie sagte. „Jetzt, wo ich mir dessen sicher bin, kann ich zufrieden nach Hause gehen. Es hätte mir das Herz gebrochen, sie so zurückzulassen – doch ich hatte nicht zu hoffen gewagt, dass ich etwas tun könnte. Sie haben keine Ahnung, wie groß das Ausmaß ist. Es wird viel Geld kosten, ihnen neue Häuser, angemessene sanitäre Bedingungen und alles, was sie brauchen, zu geben."

„Mach dir nichts daraus – sag mir nur, was ich tun soll."

"Aber *kann* du tust es? Ich weiß, wie verhältnismäßig begrenzt Ihr Geld ist."

„Nur vergleichsweise", sagte er beruhigend. „Ich habe viel weniger als mein Vorgänger, aber glücklicherweise habe ich wenig Stolz und einen einfachen Geschmack. Ich kann den Ort in Leicestershire vermieten, wo die Jagd gut ist, und bei Bedarf kann ich auch das Stadthaus mieten. Beten Sie, dass die Frage des Geldes geklärt ist. Ich versichere Ihnen, dass das keine Rolle spielt."

Nähe Platz nahm , und mit den Papieren vor ihr ging sie ausführlich auf die betreffenden Fragen ein und zeigte dabei ein Gespür für die Situation, das ihrer Begleiterin bald bezeugte, dass sie sie studiert hatte zu irgendeinem Zweck. Alle Änderungen, die sie empfahl, wurden gebilligt, aber mehr als einmal wurde seine Aufmerksamkeit vom Zweck der Zukunft abgelenkt und hin zu einer empörten Verachtung für die Verfehlungen der Vergangenheit. Es fiel ihm schwer, darüber zu schweigen, aber Bettina dankte ihm in ihrem Herzen für die erfolgreiche Anstrengung, die er unternommen hatte. Sie war zu niedergeschlagen in ihrem Gewissen über ihre eigene Vergangenheit, als dass sie geneigt gewesen wäre, einen anderen streng zu verurteilen, und in ihrer Freude darüber, dass ihre geliebten Pläne sofort in die Tat umgesetzt werden würden, konnte sie für den Moment größere persönliche Probleme aufschieben. Sie sprach mit einer Inbrunst, die ihr schönes Gesicht in seinem freundlichen Mitgefühl geradezu bezaubernd machte, und wenn sie das Unrecht und die Nöte dieser armen einfachen Leute beschrieb, füllten sich ihre Augen manchmal mit Tränen des Mitleids und ihre Stimme zitterte.

Sie wusste es nicht, aber in dieser Stunde machte sie Horaz gegenüber eine neue Offenbarung ihrer selbst, die den Bedürfnissen seiner reiferen Natur ebenso wunderbar entsprach , wie die Bettina einst die Bedürfnisse des leidenschaftlichen jungen Kerls befriedigt hatte, der er damals war. Wenn er sich daran erinnerte, dass Bettina nur schön und geliebt war, sah er in dieser eine weitaus edlere und vollkommenere Schönheit, da er in ihren Eigenschaften erkannte, die würdiger waren, Liebe zu gebieten.

Hier waren sie allein zusammen, in einer Stimmung außergewöhnlicher Offenheit und Aufrichtigkeit, denn sie hatten die gleichen Gedanken der Hilfsbereitschaft gegenüber anderen, und nicht ein Hauch der Verlegenheit ihrer persönlichen Beziehung war jetzt zwischen ihnen zu spüren. Es war daher nichts Außergewöhnliches, dass er seinerseits sich danach sehnte, Herz zu Herz mit ihr über das Geheimnisvolle zu sprechen, das sie getrennt hatte, und es ihr trotz allem – trotz der Tatsachen – zu sagen das war in der Gesellschaft, in den öffentlichen Zeitungen und überall vor seinen Augen zur Schau gestellt worden – es war ihm nie ganz gelungen, eine leise Stimme in seiner Seele zum Schweigen zu bringen, die immer wieder erklärt hatte, dass das junge Mädchen, dem er so leidenschaftlich seine Liebe geschenkt hatte, es sei Sie war weniger wankelmütig und untreu, als diese Tatsachen gezeigt hatten. Jetzt wiederholte sich diese eindringliche Stimme mehr denn je. Wie sehr er sich danach sehnte, ihr diese einfache Frage zu stellen! Aber dann kam der gesunde Menschenverstand und fragte: Welche Frage? Gab es irgendeine Frage, die er ihr stellen konnte, auf die die Tatsache und die Bedingungen ihrer Ehe mit Lord Hurdly keine endgültige Antwort darstellten?

Was Bettina betraf, so verspürte sie auch das Verlangen, dieses Gespräch, als sie so freundschaftlich miteinander sprachen, auszunutzen, indem sie ihm von dem Beichtbrief erzählte, den sie erhalten hatte, aber hier trat Stolz an die Stelle des gesunden Menschenverstandes. und befahl ihr, zu schweigen.

Sie hatten inzwischen alle Papiere gemeinsam durchgesehen. Es gab keine Entschuldigung mehr für das Verweilen. Er hatte wiederholt versichert, dass all diese Missbräuche, die sie so beklagte, behoben werden sollten, und sie hatte ihm immer wieder gedankt. Beide spürten, dass es an der Zeit war, sich zu trennen. Und doch verspürten beide den Drang, es zu verschieben. Es war ihr Bewusstsein dieses Gefühls, das Bettina nun zum Handeln veranlasste. Seine bloße Anwesenheit hatte einen Einfluss, der sie beunruhigte.

„Ich muss jetzt gehen", sagte sie mit etwas unsicherer Stimme.

„Nein, ich gehe", war die Antwort. „Ich kehre sofort nach London zurück, da ich weder das Recht noch den Wunsch habe, in Ihre Privatsphäre einzugreifen. Ich möchte jedoch sagen, dass ich Ihre Entscheidung über Ihr zukünftiges Einkommen nicht akzeptiere. Ich bitte Sie, meinen Wunsch, meine aufrichtige Bitte, Ihre Rücksicht zu nehmen. Ich werde dir schreiben. Vielleicht kann ich den Fall klarer formulieren. Auf jeden Fall werde ich es versuchen."

Bettina schüttelte den Kopf.

„Sie werden einfach Ihre Zeit verschwenden", sagte sie. „Nichts kann mich von meinem Vorsatz abbringen, sofort nach Amerika zu gehen, ohne Einkommen außer meinem eigenen kleinen Erbe, und dort mein altes Leben wieder aufzunehmen."

Das Wort Erbe hatte sie beide an ihre Mutter erinnert. Sie sahen das Bewusstsein in den Augen des anderen.

„Wie können Sie dort Ihr altes Leben fortsetzen", sagte er, „wenn die Präsenz, die ihr Interesse ausmachte, ihre eigentliche Atmosphäre verschwunden ist? Es reicht aus, dich zu töten – und du wirst kein Geld haben, um anderswo zu leben."

Die scharfe Besorgnis in seiner Stimme und seinen Augen war nicht zu überhören. Es war offensichtlich, dass er sich um das kümmerte, was sie leiden könnte – was letztendlich aus ihr werden könnte. Der Gedanke erfüllte ihr ausgehungertes und einsames Herz mit Verzückung.

„Ich muss es ertragen", sagte sie und versuchte, sowohl ihre Stimme als auch ihr Gesicht zu kontrollieren. „Das Leben wird mir dort nicht schwerer fallen als anderswo."

"Sie liegen falsch. An keinem anderen Ort der Welt wird dich der Verlust deiner Mutter so bedrücken. Ich weiß, was das für Sie war, weil ich mir bewusst bin, was dieser Besitz war. Und denken Sie an eine Sache, die mir das Recht gibt, so zu Ihnen zu sprechen, wie ich es jetzt tue: Ich habe Ihre Mutter geliebt, und sie hat mich auch geliebt.

Bei diesen Worten und den sie begleitenden Tönen ließen Bettinas Kräfte nach. Sie ließ sich auf den Sitz zurückfallen, von dem sie aufgestanden war, und brach in Tränen aus, während sie ihr Gesicht in ihren Händen verbarg.

Sie konnte die Wirkung ihres Weinens auf den Mann nicht erkennen, der immer noch regungslos und aufrecht vor ihr stand. Sie wusste nicht, dass auch ihm Tränen in die Augen schossen und dass die geflüsterte Äußerung ihres Namens auf seinen Lippen lag.

Er hörte es jedoch, sie jedoch nicht, und das Wissen, dass er die Kontrolle über sich verloren hatte, veranlasste ihn, sich abzuwenden und ans andere Ende des Raumes zu gehen.

Als er ein paar Sekunden dort gestanden hatte und ihm den Rücken zugewandt hatte, hörte er ihre Stimme, etwas erschüttert, wenn auch mit dem Akzent wiedererlangter Selbstbeherrschung, in einem fordernden Ton sagen:

„Herr Hurdly –"

Eine innere Revolte entstand, als sie von ihr so angesprochen wurde. Der Name hatte für ihn ohnehin nur unheimliche Assoziationen, aber ihn aus Bettinas Lippen zu hören, erfüllte ihn mit einer Art Wut.

„Lord Hurdly ", sagte sie noch einmal, und dieses Mal wurde ihre Stimme fester, bis sie mechanisch und hart klang.

„Ich möchte Ihnen sagen", sagte sie, als er ein wenig näher kam, „meinen Dank für Ihre freundlichen Absichten mir gegenüber. Ich kann jedoch nur wiederholen, dass meine Entscheidung ganz feststeht und dass ich die Pläne, die ich Ihnen mitgeteilt habe, in die Tat umsetzen werde. Drängen Sie mich nicht weiter. Schreib mir nicht. Es wird nutzlos sein. Lass mich zu dem Leben zurückkehren, aus dem du mich niemals hättest nehmen sollen. Du hast dich von Anfang an in mir geirrt, und ich war für dich nur ein Ärgernis und ein Hindernis. Es tut mir leid. Ich bitte Sie, alles zu vergessen, wenn Sie können. Vor allem aber bitte ich Sie, mir wirklich zu helfen und mir auf die eine Weise zu dienen, in der mir durch Sie geholfen werden kann, dass Sie bedenken, dass der gegenwärtige Augenblick unseren Verkehr in jeder Hinsicht abschließt, und es mir zeigen werden Der Respekt, so wenig ich ihn auch verdiene, mir zu beweisen, dass Sie mich zumindest in diesem einen Fall für fähig halten, aufrichtig und würdevoll zu handeln und zu meinen, was ich sage."

Er antwortete ihr nicht. Er blieb nur völlig still stehen und sah sie an. Dieser Blick, die forschende, prüfende Kraft, die darin lag, machte ihr Angst. Zitternd vor Angst vor dem, was sie als Antwort darauf preisgeben könnte, drehte sie sich plötzlich um und verschwand durch eine Tür hinter sich, ließ ihn dort stehen und war sich bewusst, dass seine scharfen Augen immer noch auf sie gerichtet waren und lasen, was sie so sehnsüchtig verbergen wollte .

In ihrem eigenen Zimmer angekommen, schloss sie die Tür ab und rannte dann schnell zum Fenster, das ihr einen Blick auf die darunter liegende Terrasse ermöglichte.

Dort sah sie eine gemietete Falle warten, deren Fahrer im Sonnenlicht döste. Als sie hinsah, sah sie, wie der Mann, von dem sie sich gerade getrennt hatte, ziemlich langsam die Stufen hinunterstieg und in das schäbige Transportmittel stieg. Seine Hutkrempe verdeckte den oberen Teil seines Gesichts, aber sie sah den strengen Gesichtsausdruck seines Kinns und die gebräunte Blässe seiner Wangen.

Kingdon Hall gehörten . Auf seltsame Weise hatte sie diesen stattlichen alten Ort liebgewonnen, und es erfüllte sie mit einem stechenden Gefühl, dass sie dort bald ihr letztes Gesicht sehen würde. Dieses Gefühl war jedoch einem anderen untergeordnet, das ihr buchstäblich das Herz riss; Sie war fest entschlossen, mit allen ihr zur Verfügung stehenden Mitteln des Denkens und Handelns nie das Risiko einzugehen, diesen Mann wiederzusehen.

Sie wusste, dass ihre einzige Sicherheit im Fliegen lag, und machte sich sofort an die Arbeit, um ihre Flugvorbereitungen zu treffen.

KAPITEL XIII

In den folgenden Tagen bestand Bettinas einzige Ressource in körperlicher Aktivität. Sie schrieb sofort und reiste eine Woche nach Horaz' Besuch mit einem Dampfer nach Amerika. Dann machte sie sich mit Noras Hilfe an die Arbeit und packte. Das französische Dienstmädchen wurde weggeschickt und ihre Dame lehnte alle anderen Dienstleistungsangebote ab.

Ihr erster Impuls war gewesen, ihre gesamte Garderobe und ihre persönlichen Gegenstände zurückzulassen, und das hätte sie zweifellos auch getan, wenn nicht der gegenwirkende Instinkt dazu gedient hätte, jede noch so kleine Erinnerung an die verstorbene Dame aus jeder Möglichkeit des Anblicks der künftigen Bewohnerin dieser Gemächer zu entfernen Hurra . Zweifellos würde bald ein weiterer Träger dieses Namens in ihnen eingesetzt werden, und für sie würde natürlich die geringste Erinnerung an die schöne Bettina, die einst so seltsam dazu gekommen war, beleidigend sein.

Mit diesem Gedanken im Kopf half sie Nora eifrig dabei, alle Spuren davon, dass sie jemals hier gelebt hatte, einzusammeln und wegzupacken. Eine Aufzeichnung davon, dass es außerhalb ihrer Macht lag, sie zu entfernen, und dies war das Ganzkörperporträt von ihr in all dem Zustand und der Pracht ihrer stolzen Stellung, das in der Gemäldegalerie hing und das Horace noch nie gesehen hatte . Er hatte sie auch noch nie in einer solchen Gestalt gesehen, und trotz ihr war ein gewisser Jubel in ihrer Brust, als sie sich den Moment vorstellte, in dem er sie zum ersten Mal erblickte. Ein weiterer Moment, der gleichermaßen von einer Mischung aus Stolz und Schmerz erfüllt war, war die Vorfreude auf den Zeitpunkt, an dem die nächste Trägerin dieses Namens und Titels kommen würde, um ihr Porträt dort aufhängen zu lassen. Keine Lady Hurdly , die zuvor hier gewesen war, konnte den Vergleich mit ihr ertragen, und sie wusste es. War es daher nicht vernünftig zu glauben, dass diejenigen, die ihr folgten, unter dem Kontrast ebenso leiden würden?

Aber diese Gefühle der Befriedigung im Bewusstsein, dass sie für eine Umgebung wie Kingdon Hall geeignet war, waren nur vorübergehend, und viele dieser anstrengenden Arbeitsstunden waren von einsamen Weinanfällen durchzogen, als sogar Nora aus dem Zimmer ihrer Geliebten ausgeschlossen wurde. Das gute Geschöpf, das nie mit Mentalität belastet gewesen war, machte unbeirrt mit seiner Arbeit weiter und stellte keine Fragen; Dennoch war ihr nicht unbekannt, dass Bettinas Unglück nicht ausschließlich von der Tatsache ihrer kürzlichen Witwenschaft abhing, noch nicht einmal von den katastrophalen Folgen, die diese für ihr zukünftiges Leben hatte.

Zwei- oder dreimal hatte Nora ihrer Geliebten Briefe in einer Handschrift gebracht, die sie nicht vergessen hatte, und obwohl sie keinerlei Anzeichen von Misstrauen zeigte, brachte sie diese Briefe doch mit Bettinas Unglück in Verbindung.

Sicherlich war es kein Wunder, dass solche Briefe, wie sie jetzt von Horace erhielt, einen so schrecklich traurigen Einfluss auf sie hatten. Darin bettelte er, argumentierte, flehte sie an, ihm diese eine Bitte zu erfüllen, und benutzte sogar den Namen ihrer Mutter, um sie zu berühren und zu verändern. Tatsächlich lag in diesen Briefen ein Ton, den sie kaum verstehen konnte. So sehr sie sich der Ungerechtigkeit bewusst war, die sie ihm gegenüber begangen hatte, schien es unglaublich, dass er es so ignorieren konnte, dass er aus eigenem Interesse persönliches Interesse an ihr bekundete. Sie empfand sogar ein gewisses Bedauern darüber, dass er diese offensichtliche Tatsache so aus den Augen verlieren konnte. Es war für sie zu einem lebenswichtigen Bedürfnis geworden, das Ideal von Horaz in ihrem Leben zu haben. Für sie war es nun fast wichtiger, etwas zu bewundern als etwas zu lieben. Unter diesen Umständen verspürte sie ein gewisses Gefühl der Enttäuschung in ihm, als ob er das tiefe Unrecht, das sie ihm angetan hatte, zu vergessen schien. Und doch, im völligen Widerspruch zu diesem Gefühl, beruhigte seine Art, es zu ignorieren, ihr gequältes Herz.

Auf diese Briefe antwortete sie nicht. Sie hoffte sogar, dass sie durch die Teilnahme an diesem Kurs den Eindruck erwecken würde, dass sie sie nicht gelesen hatte. Das war ihr Plan und ihr Trost, auch wenn sie sie immer wieder mit verzehrendem Eifer las. Sie hielt nie inne und fragte sich, warum das so war. Sie vermied jede Untersuchung ihrer Gefühle für Horace. Es reichte aus, dass dieses Wesen, das das Schlimmste an ihr kannte, sie trotz aller Selbstvorwürfe und Selbsterniedrigung, die sie in ihrem Herzen trug, immer noch für würdig halten konnte, Freundlichkeit und Respekt zu empfinden. Als sie daran dachte, hatte sie das Gefühl, sie könnte vor ihm auf die Knie gehen.

Eine Angst ging ihr ständig durch den Kopf, und zwar die, dass er erneut ein persönliches Gespräch mit ihr suchen könnte. Sie wagte es nicht, sich das anzuvertrauen, so instinktiv sie sich auch danach sehnte. Deshalb hörte sie eines Morgens mit echtem Entsetzen von Nora, dass Lord Hurdly im Haus sei, der mit dem Zug aus London gekommen sei.

„Ich kann ihn nicht sehen – ich werde ihn nicht sehen!" „„ schrie sie in einem leidenschaftlichen Protest, den nur Nora bei ihr hätte darstellen sehen können."

„Er hat nicht darum gebeten, dich zu sehen", sagte Nora. „Ich traf ihn im Flur, und er sagte mir, ich solle Ihnen sagen, dass er einige Papiere benötige, die in der Bibliothek seien, und dass er mit Ihrer Erlaubnis den Raum gerne für ein paar Stunden nutzen würde. Er sagte mir, ich solle sagen, dass er zu Mittag gegessen habe und Sie in keiner Weise stören würde.

Bei diesen Worten verspürte Bettina ein Gefühl der Verzweiflung, das ihr zum ersten Mal die plötzliche Hoffnung bewusst wurde, die sie gehegt hatte. Dies brachte sie dazu, sich wütend Vorwürfe wegen ihrer Schwäche und ihres Mangels an Stolz zu machen, und mit diesem Gefühl im Herzen sagte sie plötzlich:

Hurdlys Botschaft gibt es keine Antwort ."

„Ich bitte um Verzeihung", sagte Nora zögernd, „aber ich bin mir ziemlich sicher, dass er eine Antwort erwartet."

„Ich sage, es gibt keine Antwort", wiederholte Bettina mit plötzlicher Strenge. „Lord Hurdly ist in seinem eigenen Haus. Er kann kommen und gehen, wie er will. Dass er mich um Erlaubnis bittet, ist reine Farce."

Nora wagte es, nichts mehr zu sagen, zog sich schweigend zurück und ließ ihre Herrin allein mit dem Bewusstsein, dass Horace mit ihr im Haus war und dass sie jeden Moment, wenn sie wollte, zu ihm gehen und ihm die ganze Wahrheit sagen könnte .

Und warum tat sie es nicht? Dieses alte Gefühl zwischen ihnen war ziemlich tot. Sie hatte das Recht, sich einer Verurteilung zu entziehen, die sie nicht verdiente – zumindest das Recht, die besänftigenden Umstände des Falles bekannt zu geben. In jedem anderen denkbaren Fall hätte sie nicht gezögert, dies zu tun. Was machte es in diesem Fall so unmöglich?

Die Antwort auf diese Frage schoss ihr ins Herz und sie kämpfte so sehr um Anerkennung, dass sie den Instinkt verspürte, vor sich selbst wegzulaufen, um sich ihr vielleicht nicht stellen zu müssen. Sie wollte ihre Augen schließen, um die Wahrheit auszublenden, die vor ihrem geistigen Auge lag, und ihre Hände auf ihre Ohren legen, um die Stimme nicht zu hören, die zu ihrem Herzen schrie.

Sicherlich war ein Teil dieses Gefühls die Reue, die sie empfand, weil sie ihm Unrecht getan hatte. Dass sie es offen anerkennen könnte. Aber das war noch nicht alles. Sie war sich etwas mehr in ihrem eigenen Herzen bewusst. Vielleicht hätte sie sogar unterdrückt und ihm, gestützt auf ihren Stolz, kurz und bündig den Fehler erklärt, den sie begangen hatte. Aber da war noch etwas anderes, das hereinkam. Es war ein schwacher, köstlicher, beunruhigender, in ihrem eigenen Herzen unerkannter Verdacht gegenüber Horace selbst. Er hatte nichts gesagt, was sie rechtfertigen würde, weil er glaubte, seine Angst um ihre Zukunft sei mehr als die Befriedigung seiner eigenen Selbstachtung, aber ihr Herz hatte Dinge gesagt, die sie mit Zittern hören wollte, und es gab einen gewissen Beweis für ihre Augen . Als er sie neulich verlassen hatte – oder vielmehr in dem Moment, als sie sich eilig von ihm trennte –, hatte er sie seltsam angeschaut.

Dieser Blick war in ihrem Bewusstsein geblieben, und jetzt konnte sie sich mühelos daran erinnern. Dabei erröteten ihre Wangen, ihr Herz schlug schneller. Sie verspürte die Versuchung, das süße Gefühl zu umwerben und es mit allen Mitteln ihrer Vorstellungskraft zu einem lebendigeren Leben zu machen, aber die Verführung dieser Versuchung machte ihr Angst.

Sie sprang von ihrem Platz auf und blickte sich um. Wie lange saß sie schon da und grübelte – und träumte Träume, denen jeder Instinkt weiblichen Stolzes sie zwang, aufzugeben? Sie fragte sich, ob er gegangen war. Erneut kam die Mischung aus Hoffnung und Angst auf, dass er vor seiner Abreise ein Interview mit ihr suchen könnte. Die Hoffnung war stärker denn je, und aus diesem Grund war auch die Angst stärker.

Ein Schritt im Flur erregte ihre Aufmerksamkeit, und sie stand klopfend da, die Hand auf dem Herzen. Es verging und hinterließ nur Stille; aber es war eine nützliche Warnung für sie gewesen. Angenommen, Horace würde in ihrer gegenwärtigen Stimmung in ihr Wohnzimmer gehen und um Einlass bitten. Würde sie – könnte sie – ihn wegschicken, während ihr Herz nach der Erleichterung schrie, ihm gegenüber so etwas zu sagen und zu gestehen, wie es jetzt der Fall war?

Mit einem eiligen Impuls ergriff sie ein leichtes Tuch aus dichtem schwarzem Stoff und ging schnell in die Halle. Ihr Impuls war, nach draußen zu gehen, das Haus zu verlassen, bis er es hätte verlassen sollen; aber um dies von ihren Gemächern aus zu tun, musste sie an der Bibliothek vorbei, und davor fürchtete sie sich. Also änderte sie ihre Absicht, und mit leisen Schritten, damit niemand sie hören konnte, betrat sie die lange Bildergalerie und schloss die Tür hinter sich, wobei sie darauf bedacht war, keinen Lärm zu machen. Viele der Jalousien waren geschlossen, aber am anderen Ende, wo ihr Bild hing, war etwas Licht, und sie verspürte den impulsiven Wunsch, dieses Bild anzuschauen, mit der Absicht, den Eindruck zu erkennen, den es auf Horace machen würde, wenn er es sehen würde Sie glitt lautlos durch den Raum darauf zu.

Die Ganzkörperporträts rechts und links von ihr zeichneten sich vage durch das Dämmerlicht ab. Während sie langsam vorüberging, warf sie einen Blick auf jeden Einzelnen und hatte das Gefühl, dass sie sich für immer von ihnen verabschieden würde. Auf diese Weise war ihr Blick von ihrem eigenen Porträt abgelenkt worden, und sie war nur noch wenige Meter davon entfernt, als sie, als sie geradeaus blickte, zwischen dem Bild und sich selbst die Gestalt eines Mannes sah.

Er stand so reglos wie jede Leinwand an der Wand und blickte nach oben auf das Gesicht vor ihm. Bettina war so erschrocken, als hätte sie in diesem schwach beleuchteten Raum einen Geist gesehen, und stand ebenso still hinter ihm, ihre Hand auf ihren geöffneten Lippen, als wollte sie den aufsteigenden Schrei unterdrücken.

Und immer noch stand er da und blickte und blickte, während sie wie versteinert hinter ihm stand, für Momente, die ihr endlos vorkamen.

Plötzlich sah sie, wie seine Schultern durch das Einatmen eines tiefen Atemzugs angehoben wurden, der ihm in einem hörbaren Seufzer entfuhr. Der Klang erinnerte sie. Mit einem wilden Fluchtinstinkt drehte sie sich um, floh durch den langen Raum, ihr schwarzer Umhang wehte hinter ihr her, und verschwand in den Schatten, aus denen sie aufgetaucht war.

Irgendwie, sie wusste nie wie, gelangte sie in den Flur und raste von dort durch den langen Korridor, die Treppe hinunter, an der offenen Tür der leeren Bibliothek vorbei und hinaus auf das Gelände. Sie traf niemanden, und als sie schließlich im dichten Schatten eines dichten Gebüschs stehen blieb, hatte sie das befriedigende Gefühl, unbeobachtet gewesen zu sein. Auch hier war sie ganz zurückgezogen, und in dem Bemühen, sich zu sammeln, setzte sie sich ins Gras, die Knie angezogen, die Stirn darauf gestützt, die gefalteten Hände gespannt darauf.

Wie lange sie so blieb, während ihr schlagendes Herz allmählich ruhiger wurde, wusste sie nicht.

Ein Geräusch weckte sie aus ihrer Lethargie. Es war der deutliche Pfiff von jemandem , der einen Hund rief. Sie wusste, wer es war, bevor eine Stimme sagte:

„Hier, Genosse – kommen Sie zu mir, Herr.“

Die Stimme war nicht weit entfernt, aber das Gebüsch war zwischen ihr und ihr. Ohne den Hund hätte sie sich sicher gefühlt. Sie bewegte keinen Muskel.

Die Schritte näherten sich ihr, und nun waren auch hüpfende Sprünge eines Hundes zu hören. Beides verging und sie begann freier zu atmen, als das kam, wovor sie sich gefürchtet hatte. Der Hund unterbrach sein Herumtollen und begann, an ihm herumzuschnüffeln. Im nächsten Moment war er durch das Gebüsch gestürmt und jaulte fröhlich neben ihr.

Sofort sprang sie auf und stand da, schlank und groß und aufrecht in ihrem langen schwarzen Umhang, das Bild bleichen Kummers. Alles Blut war aus ihrem Gesicht verschwunden und ihre Augen waren weit aufgerissen und verängstigt.

So erschien sie dem Mann, der die Zweige des dichten Laubwerks teilte und schweigend und überrascht vor ihr stand. Sie hätte der wahre Geist der Witwenschaft sein können, so trostlos sah sie aus.

Er hob automatisch seinen Hut und sagte mit angespannter, unnatürlicher Stimme: „Kann ich etwas für Sie tun?"

Sie versuchte zu sprechen, aber es gelang ihr nicht, etwas zu sagen.

„Ich bitte um Verzeihung", sagte er, „aber kann ich etwas für Sie tun, Lady Hurdly ?"

Oh, dieser Name! Sie hatte den Instinkt verspürt, sich endlich von der Bürde zu befreien, die sie getragen hatte, und ihm als Antwort auf seine Frage zu sagen, dass er dies für sie tun könne – er konnte hören, wie sie von dem elenden Verrat erzählte, der sie begangen hatte dazu geführt hat, dass sie ihm solch ein Unrecht angetan hat, und über die elenden Folgen, die das für ihr Leben hätte. Aber das Aussprechen dieses Namens erinnerte sie an sich selbst. Es erinnerte sie nicht nur daran, wer sie war, sondern auch, wer und auf welche Weise auch er war.

„DER GEIST DER WITWENHEIT"

„Lass mich", sagte sie und streckte abweisend die Hand aus. „Ich habe viel durchgemacht und bin nicht stark. Wenn Sie Gnade oder Freundlichkeit haben, überlassen Sie mich mir selbst. Es ist vielleicht nicht angemessen, dass ich Sie um einen Gefallen bitte, aber ich tue es. Ich bitte Sie, nicht mehr mit mir zu sprechen oder zu schreiben, bis ich getan habe, was hier getan werden muss, und diesen Ort und dieses Land für immer verlassen habe."

Es herrschte einen Moment des Schweigens, in dem sich Genosse an sie schmiegte und versuchte, ihre Hand zu lecken, während er Horace die ganze Zeit sehnsüchtig ansah. Dann sagte eine Stimme, verhalten und leise, traurig:

„Ich werde Ihre Gunst gewähren, Lady Hurdly . Was ist mit dem Gefallen, um den ich Sie gebeten habe?“

"Ich kann nicht. Es ist unmöglich“, rief sie. „ Sicherlich wurde ich ohne das schon genug gedemütigt. Das Einzige, was Sie für mich tun können, ist, dieses Thema nie wieder zu erwähnen.“

„Ich werde dir gehorchen“, sagte er; „Aber im Gegenzug bitte ich Sie, meine Bitte an Sie nicht zu vergessen, auch wenn Sie mich zum Schweigen gezwungen haben. Auch wenn ein so grobes Unrecht nicht repariert wird, kann ich mich nie ausruhen. Denken Sie daran und daran, dass es in Ihrer Macht steht, mich von dieser Last zu befreien. Jetzt werde ich gehen."

Er drehte sich um und verschwand im Gebüsch, Kamerad hinter ihm.

Bettina sank zu Boden und bedeckte ihr Gesicht mit dem langen Vorhang ihres Umhangs. Plötzlich spürte sie eine Berührung. Ihr Herz machte einen Sprung, und sie entblößte ihren Kopf, und in ihren Augen leuchtete eine große Hoffnung.

Aber es war nur die Genossin, die sich mit menschlichem Mitgefühl eng an sie schmiegte. Sie warf ihre Arme um ihn und drückte ihr Gesicht an seine zottige Seite.

„Hat er Sie zu mir geschickt, Genosse“, flüsterte sie, „weil er wusste, dass es mir schlecht ging und ich allein war?“

Das sanfte Geschöpf winselte und wedelte mit dem Schwanz, als wolle es verzweifelt antworten.

„Ich weiß, dass er es getan hat! Ich weiß, dass er es getan hat!“ Sie weinte. „Oh, wie freundlich und gut und rachlos er ist! Und ich kann ihm nie die Wahrheit sagen. Ich kann das keinem Menschen sagen, Genosse, aber ich werde es Ihnen sagen.“ Sie zog seinen Kopf nah an ihre Lippen und flüsterte ihm ein paar Worte ins Ohr.

Dann sprang sie auf, ein großes Leuchten in ihren Augen, während sie jubelnd ihre Arme nach oben warf und wie zu einem unsichtbaren Zeugen oben rief: „Ich habe es gesagt!“

KAPITEL XIV

Danach bereitete Bettina ihre Abreise mit einem Geist der Ruhe und Gelassenheit vor, der aus der Erkenntnis ihrer selbst kam, die sie endlich voll und ganz akzeptiert hatte. Hunderte Male waren ihr in den letzten Tagen die Worte ihrer Mutter in den Sinn gekommen: „Der Tag wird kommen, an dem du wissen wirst, was du dir jetzt noch nicht einmal vorstellen kannst – was die eine vollkommene Liebe und vollkommene Vereinigung ist, die es jemals zwischen zwei geben kann." Menschen ... Testen Sie die Welt, wenn Sie so wollen – und Ihre Natur verlangt, dass Sie sie testen –, aber eines Tages werden Sie noch leben und sagen: „Meine Mutter wusste es." Die Worte meiner Mutter sind wahr geworden."'

Es war sogar so. Sie wusste es jetzt endlich, und die Erkenntnis war zu ihr gekommen, als eine unaufhaltsame Notwendigkeit sie dazu zwang, sich für immer von dem Mann zu trennen, der nicht plötzlich, sondern durch ein System allmählicher Entwicklung – von den rohen Gefühlen ihrer Mädchenzeit bis hin zum wachsenden Bewusstsein der späteren Jahre – hatte sich ihr nun als alles manifestiert, was ihr Herz sich wünschen konnte, als alles, was ihr Geist sich wünschen konnte, als alles, was ihre reife Frau brauchen konnte. Sie erkannte, dass er das für sie schon lange war, aber mit einem dicken Schleier zwischen ihr und ihm, der die Wahrheit vor ihr verborgen hatte. Die Lektüre des Briefes, den Mr. Cortlin ihr gegeben hatte, hatte diesen Schleier zerrissen, und sie sah ihn so, wie er war, den Mann ihres Ideals. Sie sah im selben Moment ihr eigenes Herz nicht so, wie es war. Diese Vision war ihr bei ihrem erneuten Verkehr mit Horace gekommen, der nun vor ihr als reifes Produkt der edlen Möglichkeiten erschienen war, die sie einst vage in ihm wahrgenommen hatte, als sie sich zu wenig darum gekümmert hatte, in irgendeiner Weise tief an ihn zu denken.

Oh, den Platz, den sie einst an seiner lieben Seite hatte, behalten zu haben! Mit ihm die Entbehrungen eines Lebens geteilt zu haben, das im Vergleich zu dem, das sie an seiner Stelle gekannt hatte, tatsächlich eng und dunkel gewesen wäre, aber oh, wie reich auf die Art und Weise, wie sie jetzt dazu gekommen war, Reichtümer zu zählen!

Gegen solche Gedanken musste sie ankämpfen. Vielleicht würden sie am Ende siegen und sie bis zum Tod jagen; aber jetzt, bis sie das Land verlassen konnte, musste sie sie einschläfern.

Ihr blieben nur noch wenige Tage, und sie beschloss, einen Teil davon einigen Abschiedsbesuchen unter den Mietern zu widmen. Soweit es ihr möglich war, hatte sie sich mit diesen armen Leuten angefreundet und alles gegeben, was sie konnte, um ihre Bedürfnisse zu befriedigen; aber im Vergleich zu dem, was nötig war, schien das ihr zur Verfügung stehende Geld erbärmlich gering zu sein.

Als Lady Hurdly , gekleidet in ihre tiefe Witwentrauer, die Stufen ihres herrschaftlichen Anwesens hinunterstieg und die wartende Kutsche betrat, deren schwarz gekleidete Diener sie respektvoll begrüßten, war ihr bewusst, dass Diener und Pächter gleichermaßen ein gewisses Mitgefühl für die Großen empfinden mussten Dame, wie sie sie gekannt hatten, jetzt sowohl in Armut als auch in Vergessenheit geraten. Dieses Gefühl ließ ihr Verhalten ein wenig kälter und stolzer werden als sonst, als sie allein in der Sonne eines schönen Herbstmorgens saß und zwischen den wunderschönen englischen Hecken und durch die fruchtbaren Felder, die sie lieben gelernt hatte, gefahren wurde. Wie schnell würde sich für sie alles ändern! Und in was geändert? Das isolierte Exil eines Ortes voller eindringlicher Erinnerungen an die Vergangenheit – ihre Mutter, die sie für immer verloren hatte, und ihr junger Liebhaber, der für sie ebenso absolut verloren war.

Seltsamerweise empfand sie Letzteres als den schärferen Schmerz. Mit Ersterem versöhnte sie sich; Wenn wir es tun, versöhnen wir uns früher oder später mit dem Unvermeidlichen; Aber der größte Schmerz dieser anderen Trauer war, dass sie das Gefühl hatte, dass es nicht nötig gewesen wäre. Als sie dort in ihrer Kutsche saß, der Gegenstand großer Aufmerksamkeit, fühlte sie sich so trostlos und elend, dass sie ihre Tränen nur mit Mühe zurückhalten konnte.

Sie fürchtete sich vor der Tortur, die ihr bevorstand. Sie hatte das Gefühl, dass sie sich von diesen Menschen verabschieden und ihnen ein freundliches Wort sagen musste, da sie so kläglich nicht in der Lage war, mehr zu tun; aber diese Besuche waren immer deprimierend. Seitdem die Mieter entdeckt hatten, dass sie in ihr eine mitfühlende Zuhörerin hatten, genossen sie es, ihren Kummer auszuschütten. Natürlich hatten sie nicht gewagt, ihrem Mann vorzuwerfen, er stünde mit ihnen in Verbindung, aber die Lektion konnte derjenige, der lief, lesen.

Als die Kutsche vor der Tür des ersten Häuschens anhielt, war sie zu dem Entschluss gekommen, dass sie diesen elenden Vertraulichkeiten heute nicht viel entgegensetzen könne und ihre Besuche kurz halten würde.

Doch als sie das Haus betrat , bemerkte sie eine völlige Veränderung der Atmosphäre. Den Beweis dafür lieferte jedes Lebewesen im Raum, seiner Art entsprechend. Die alte Frau, die am Kamin saß und strickte, blickte zu ihr auf, mit einem schwachen Funkeln in den Augen, das bisher nichts als das Bewusstsein zum Ausdruck gebracht hatte, dass die Dinge schlecht waren und noch schlimmer wurden; und die Kinder, die tatsächlich kaum Rücksicht auf die Depression ihrer Älteren genommen hatten, teilten nun offensichtlich ihre Erleichterung darüber. Es war ihre Mutter, die dem Besucher mit einem seltsamen, hoffnungsvollen Lächeln auf ihrem verhärmten Gesicht und dem inbrünstigen Falten ihrer von der Arbeit abgenutzten Hände die Erklärung gab.

Aber als diese Erklärung gehört wurde, war sie für Bettina fast eine größere Prüfung als die, die sie befürchtet hatte. Sicherlich stellte es eine stärkere Anforderung an ihre Selbstbeherrschung dar. Der Grundgedanke des Ganzen war Horace. Er war vor ihr hier gewesen und hatte alles getan oder versprochen, alles zu tun, was sie so leidenschaftlich getan hatte. Sein Name war ständig auf ihren Lippen; sogar die kleinen Kinder lispelten es. Es hieß „seine Lordschaft dies" und „seine Lordschaft das", in einer Weise, die einen seltsamen Kontrast zu der unter früheren Bedingungen einstudierten Vermeidung des Wortes bildete.

Irgendwie konnte Bettina es trotz ihrer Freude kaum ertragen. Mitten in den Berichten darüber, was Seine Lordschaft getan und gesagt hatte und wie er all ihr Unrecht wiedergutmachen und alle glücklich machen sollte, stand sie auf und ging eilig.

Was hatte es für einen Sinn, dass sie hier blieb? Was war mehr oder weniger ein wenig Mitgefühl für diese elenden, armen Geschöpfe? Es waren ihre materiellen Bedürfnisse, die sie befriedigten wollten, und an diesen war eine stärkere Hand als ihre am Werk. Und wenn er – wie es so offensichtlich schien und wie sie sich aufgrund ihrer eigenen Kenntnis von ihm so gut vorstellen konnte – in der Lage und willens war, ihnen das Mitgefühl und Interesse sowie die praktische Hilfe zu schenken, die sie brauchten, wo hatte sie dann irgendeinen Nutzen? Es gab keine – niemand brauchte sie, sagte sie sich verzweifelt, und je früher sie sich in der Vergessenheit Amerikas verlor, desto besser.

Jedes Cottage, das sie besuchte, zeigte bei seinen Bewohnern die gleiche Metamorphose. Ein lahmer Junge, dem sie einmal ein Paar Krücken geschenkt hatte, bekam einen neuen Rollstuhl, und die Krücken wurden in eine Ecke geworfen. Ein krankes Kind, für das sie zubereitetes Essen gekauft hatte, das es nicht vertragen konnte, war zur regelmäßigen Behandlung in ein Krankenhaus geschickt worden, und seine arme Mutter genoss die erste Ruhe seit vielen Jahren, in dem Bewusstsein, dass das Dem Kind ging es bei ihr besser, als es sein könnte. Ein alter Mann, der lange bettlägerig gewesen war und dem sie saubere Bettwäsche geschickt hatte, war in ein anderes Zimmer mit völlig neuen Möbeln verlegt worden, während der Bewohner dieses Zimmers woanders hingeschickt worden war, so dass das quälende Gefühl der Überfüllung entstand denn Kranke und Gesunde waren vollständig aus dem Haus verschwunden.

In fast jeder Hütte, die sie besuchte, sah sie die gleichen Beweise. Wie erbärmlich erschienen ihre eigenen Bemühungen daneben! Was war das Herz im Vergleich zur Hand? Was war Sympathie im Vergleich zu Geld? Und war sie sich so sicher, dass sie überhaupt Mitgefühl zeigte? In ihrer Brust verspürte sie jetzt kein Mitleid für ihr Leid, nicht einmal das Gefühl, sich über ihre Erleichterung zu freuen. Das einzige Gefühl dort – und es schien ihr ganzes Herz zu erfüllen – war Mitleid mit ihrem eigenen tauben, nagenden Elend, für das es keine Linderung gab.

Als der letzte eilige Besuch beendet war, fuhr sie völlig entnervt nach Hause. Ihr schwarzer Schleier war vor ihr Gesicht gesenkt, und obwohl sie scheinbar aufrecht und gefasst saß, liefen ihr Tränen über die Wangen.

Ihre restlichen Tage in Kingdon Hall verbrachte sie in einem Zustand solcher Lustlosigkeit und Trägheit, dass Nora begann zu befürchten, dass sie krank werden würde. Sie drängte ihre Herrin, den Arzt holen zu lassen; Doch als Antwort brach Bettina in Tränen aus, erklärte, dass sie nicht krank sei, und flehte Nora an, alles Nötige für sie zu tun, um sie auf den Dampfer zu besteigen, mit dem sie die Überfahrt genommen hatte, da sie sich unfähig fühlte, selbst etwas zu tun .

Wie die dazwischenliegenden Stunden vergingen, wusste sie nie; doch als würde sie an einem Traum teilnehmen, ging sie sie alle durch und fand sich schließlich in ihrer Kabine wieder, mit Nora, die sich um sie kümmerte, und niemand, der sie ausspionierte oder bemerkte, was sie tat. Sie bat Nora so kläglich wie ein Kind, ihr beim Ausziehen zu helfen, ging zu Bett und erhob sich nicht von diesem Bett, bis das Schiff ein anderes Ufer berührt hatte und die Weite der Welt zwischen ihr und Horaz lag.

Wie froh wäre sie gewesen, dort zu liegen und für immer weiterzusegeln, befreit von ihrer Verantwortung gegenüber der Zukunft, wie sie es von dieser gegenüber der Vergangenheit war!

Kapitel XV

Als Bettina gerade drei Stunden auf See war, kam Lord Hurdly in Kingdon Hall an und befahl dem Diener, nachdem er eingelassen worden war, Lady Hurdly zu sagen, dass er sie sehen wolle. Seine Überraschung war groß, als der Mann ihm mitteilte, dass Lady Hurdly an diesem Tag nach Amerika gesegelt sei.

Er entließ den Diener, ging in die Bibliothek und schloss sich dort allein ein. Wie seltsam veränderte sich dieses Haus in einem Augenblick für ihn! Gerade eben hatte er darin eine Präsenz gespürt, die jedes Atom davon bedeutungsvoll gemacht hatte. Wie tot, leer und bedeutungslos war es plötzlich geworden!

Die Wirkung dieser Veränderung war für ihn fast verblüffend, und zum ersten Mal hatte er den Mut, sich selbst zu begegnen und von seiner eigenen Seele eine Erklärung zu verlangen.

Er war ein Mann von besonders unkomplizierter Natur. Als er sich bei der Begegnung mit Bettina zum ersten Mal tief verliebte, hatte er die Sache als eine Endgültigkeit angesehen, und er hatte nie aufgehört, sie so zu betrachten. Als sie ihn verließ, ohne ihm Gelegenheit zum Sprechen zu geben, hatte er in der überwältigenden Bitterkeit seines Herzens allen Frauen abgeschworen. Es wäre ihm nie in den Sinn gekommen, Bettina durch einen anderen zu ersetzen. Lange Zeit beherrschte ihn ein leidenschaftlicher Groll. Als er wusste, dass Bettina seine Cousine geheiratet hatte, hatte dieser Groll zwei Gründe gehabt, von denen er sich nähren konnte; Aber zunächst überwog die Bitterkeit seines Zorns gegen das Wesen, an das er zutiefst geglaubt hatte, bei weitem die Wut gegen das Wesen, an das er nie geglaubt hatte. Lord Hurdly hatte es nie in seiner Macht gehabt, ihn so zu verletzen und zu verärgern, wie Bettina es konnte. Als er von St. Petersburg nach Simla versetzt wurde , geschah dies mit dem Instinkt, sich so weit wie möglich von Bettina zu entfernen. An das andere dachte er kaum.

Als jedoch die erste Bestürzung über den plötzlichen Schlag vorüber war und er ruhig genug geworden war, um auch nur annähernd gemäßigte Gedanken zu fassen, versuchte er sich vorzustellen, wie es zu diesem seltsamen Zustand gekommen war.

Offensichtlich musste Bettina Lord Hurdly aufgesucht haben, und es war fast sicher, dass sie dies getan hatte, um zwischen ihm und seinem beleidigenden Erben zu vermitteln. Er erinnerte sich, dass sie mehr als einmal gesagt hatte, sie wolle ihn für sich gewinnen, und er stellte sich vor, was wahrscheinlich bei der Verwirklichung ihres Plans geschehen war. Lord Hurdly , der Frauen gegenüber bekanntermaßen gleichgültig war, sah in

Bettina einen neuen Typus und, wie die folgenden Ereignisse zeigten, verspürte den Wunsch, sie zur Frau zu haben. Daher hatte er wahrscheinlich keine Bedenken hinsichtlich der Mittel zu diesem Zweck. Allmählich, nachdem er Bettina hauptsächlich für schuldig befunden hatte, begann Horace zu glauben, dass es durchaus möglich war, dass sie weniger schuldig war als der listige und entschlossene Mann, der zweifellos alle List, die er beherrschte, auf sie angewandt hatte.

Horace war sich jetzt mehr denn je bewusst , was für List es waren und wie skrupellos sie eingesetzt wurden, um jedes Ziel zu erreichen , das er vorhatte.

Und jede neue Enthüllung neigte dazu, ihn gegenüber Bettina sanfter zu machen. Er hatte die Angewohnheit, seinen Instinkten zu vertrauen, und diese hatten ihm ebenso entschieden erklärt, dass sein Cousin falsch sei. Bei seiner Rückkehr nach England, nach Lord Hurdlys Tod, hatten diese beiden Instinkte reichlich Bestätigung gefunden. Je mehr er sich mit den Angelegenheiten seines Vorgängers befasste, mit seinen Beziehungen zu seinen Mietern, seiner Familie, seinen Anwälten und der Welt im Allgemeinen, desto mehr vertieften sich sein Misstrauen und seine Verurteilung ihm gegenüber, während dies im Fall von Bettina kaum nötig war mehr als der Eindruck seines ersten Gesprächs mit ihr, um seinen alten Glauben an ihre Wahrheit und Edelmut fast vollständig wiederherzustellen.

Hurdly sie über ihn getäuscht hatte , konnte er ihr ihre Heirat verzeihen. Wohin hätte sich ihr trostloses Herz gewandt, um Trost zu finden? Und er kannte ihre Natur gut genug, um zu erkennen, dass das, was Lord Hurdly zu bieten hatte, ihr möglicherweise als Ersatz für Glück gedient hätte. Er wusste außerdem, dass Bettina ihn nie in dem Sinne geliebt hatte, wie er sie geliebt hatte, und diese Tatsache milderte sein Urteil.

Als er dort allein in dem großen Haus stand, das seltsam leer war, jetzt, da ihre reiche Präsenz daraus entfernt war, wünschte er sich von ganzem Herzen, er wäre zu ihr gegangen und zwang sie, ihn mit ihren offenen Augen anzusehen. hatte gesagt: „Bettina, sag mir die Wahrheit. Warum hast du das getan?" Oh, wenn er es nur getan hätte!

Dann drängte ihn das Nachdenken zu der möglichen Antwort, die er hätte erhalten können. Sie hätte die Unverschämtheit einer solchen Rede kalt übel nehmen können, oder sie hätte ihm zu verstehen geben können, dass das, was wahr schien, wirklich wahr war – nämlich, dass das großartige Angebot seines Cousins dem seines armen vorgezogen wurde. Ja, es war zweifellos ein Dummkopf, angesichts der offensichtlichen Tatsachen an seinem Glauben an Bettina festzuhalten. Er musste es überwinden und sein Leben und seine Karriere unabhängig von ihr weiterführen.

Dies wäre einfacher gewesen, wenn es nicht eine Sache gegeben hätte. Er hatte sich davon überzeugt, dass Bettina in ihrer Ehe mit Lord Hurdly unglücklich gewesen war . Es war offensichtlich, dass die weltliche Bedeutung, die es ihr verliehen hatte, ihren Bedürfnissen nicht genügt hatte. Er wusste – ihre eigene Mutter hatte es ihm gegenüber eingestanden –, dass Bettina ehrgeizig war; aber er wusste, was dieselbe Quelle auch offenbart hatte, dass sie ein gutes und liebevolles Herz hatte. Was er spürte, war, dass sie durch bittere Erfahrung gelehrt worden war, wie leer die bloße weltliche Befriedigung ist, und dass ihr armes Herz in seiner Einsamkeit zerbrach.

Doch dann kam wieder die Vernunft und wies auf die harten Fakten vor seinen Augen hin. Was für ein Narr war er doch, aus seinem eigenen Bewusstsein heraus weiterhin eine romantische Theorie zu konstruieren, nachdem Bettina sich durch eine eindeutige Wahl und Entscheidung als etwas erwiesen hatte, was er sich zwingen musste, sie als herzlos und falsch zu betrachten!

Gestärkt durch die bittere Unterstützung dieser Vorstellung von ihr verließ er die Bibliothek und machte zum ersten Mal seit seiner Rückkehr einen vollständigen Rundgang durch das Haus. Er durchquerte die meisten Wohnungen recht schnell, doch in zwei hielt er inne. Das erste war die lange Bildergalerie, in der er sein eigenes jungenhaftes Porträt kritisch betrachtete und sich fragte, ob Bettina es jemals gesehen hatte und welche Gefühle es möglicherweise geweckt hatte, und dann ging er weiter und stand vor der schönsten aller Frauen, der Dame Hurdlys , wer war oder wer jemals sein könnte. Aber das war zu demoralisierend für die Härte, die er erst kürzlich angenommen hatte, und so wandte er dem anmutigen Bild den Rücken zu und ging weg.

Es dauerte jedoch nicht lange, bis er sich in Bettinas eigenen Wohnungen wiederfand. An diese erinnerte er sich gut, und im Großen und Ganzen waren sie unverändert. Doch was für einen subtilen Unterschied spürte er in ihnen! Hier auf diesem großen, düsteren Bett hatte das arme Waisenmädchen geschlafen oder lag wach in dem schrecklichen Bewusstsein, das sie überfallen haben musste, als sie das Wesen und den Charakter des Mannes erkannte, dem sie sich zur Frau hingegeben hatte. Hier in diesem stattlichen Spiegel hatte sie sich selbst in den prächtigen Kleidern gesehen , für die sie ihr Erstgeburtsrecht zu einem geringen Preis verkauft hatte. Er stand da und betrachtete sich selbst im Spiegel, mit dem unheimlichen Gefühl, dass sich hinter seinem eigenen Bild das der schönen Bettina verbarg, die er einst mit seiner Liebe, Stärke und Zärtlichkeit für immer beschützen wollte und die jetzt, mit nur noch einem Die angeheuerte Dienerin war allein in dem großen Schiff voller Fremder auf dem Weg in die Einsamkeit dieses leeren kleinen Dorfes, das die Anwesenheit ihrer Mutter einst so ausreichend für sie erfüllt hatte.

Er ging zum Kleiderschrank und öffnete die Tür, in der Hoffnung, eine Spur von Bettina zu finden. Aber nein; alles war geordnet und leer. Dann ging er zum Frisiertisch und öffnete die Schubladen eine nach der anderen. Im letzten lag eine kleine Haarnadel aus feinem, gebogenem Draht. Er verspürte den Drang, es anzunehmen, aber mit einem gemurmelten Fluch über seine Torheit rief er, um ihm bei seinem kürzlichen Entschluss zu helfen, und verließ hastig den Raum.

Kapitel XVI

Bettina war seit einer Woche in ihrem alten Zuhause – lange genug, um sich von ihrer Reise zu erholen und ihr Leben so zu beginnen, wie es sein sollte. Wäre das möglich gewesen, hätte sie sich am liebsten völlig entspannt und im Bett gelegen, um von Nora bedient und versorgt zu werden. Aber sie war der körperlichen Ruhe überdrüssig geworden, was ihre geistige Unruhe nur noch größer machte, und sie verspürte den Drang, ihre leeren Hände auszustrecken, damit sie irgendwie, irgendwo gefüllt werden könnten.

Die Nachbarn hatten sie sofort gerufen, aber sie konnte sie nicht sehen. Sie erinnerten sie zu sehr an die Mutter, die sie verloren hatte. Mr. Spotswood hatte ebenfalls angerufen, aber er erinnerte ihn an den anderen Verlust, der nun der schmerzlichere von beiden war. Als sie sich ebenfalls bei ihm entschuldigte, schrieb er ihr eine Notiz – das Konventionelle, und das nur. Es schien seltsamerweise an der Fürsorge und Zuneigung zu fehlen, die sie mit Recht von ihrem alten Freund und Rektor erwarten durfte. Bettina war darüber erstaunt, und sofort schoss ihr der Grund dafür durch den Kopf. Es war nur natürlich, dass er einen gewissen Groll darüber verspürte, dass sie einen seiner Cousins im Stich gelassen hatte, obwohl sie es zugunsten eines anderen und wichtigeren getan hatte. Sie erinnerte sich, dass der Pfarrer Horace sehr gern gehabt hatte, und bei diesem Gedanken verspürte sie plötzlich den Wunsch, ihn zu sehen. Also schrieb sie ihm eine Nachricht und bat ihn, zu kommen.

Es war so lange her, dass sie mit irgendjemandem gesprochen hatte, und sie war nach all ihren krankhaften Fantasien so nervös, dass sie sich völlig anders fühlte als das alte, selbstständige, aktive Mädchen, an das er sich erinnerte, als der Pfarrer den Raum betrat. Auch sie war ihrerseits nicht auf die Gefühle vorbereitet, die sein Anblick hervorrief; und als er eintrat, sein ernstes Gesicht und seine sanfte Art so völlig unverändert, im Gegensatz zu all den Veränderungen, die sie durchgemacht hatte, verspürte Bettina plötzlich eine Neigung zu Tränen. Der Gedanke an ihre Mutter trug auch dazu bei, sie zu schwächen, und der Gedanke an Horace belastete ihre Ausdauer noch mehr.

Sie sah zunächst eine gewisse Zurückhaltung in seinem Verhalten, wie sie es in seiner Notiz wahrgenommen hatte. Sie fühlte sich dadurch unerklärlich verletzt, und als er etwas kühl ihre Hand nahm und sich nach ihrem Befinden erkundigte, überkam sie ein Gefühlsrausch und sie brach in Tränen aus.

Der Besucher war offensichtlich überrascht und versuchte sie so gut er konnte zu beruhigen. Da er natürlich annahm, dass dieser Kummer eine Folge ihrer kürzlichen Witwenschaft sei, drückte er ihr die Hand und sagte sanft:

„Ich vertraue darauf, dass du dich nicht überforderst, wenn du mich siehst, mein Kind. Wenn Sie es lieber nicht getan hätten, hätte ich das nicht falsch verstanden. Ihr Trauerfall ist so neu, dass –"

Aber Bettina unterbrach ihn und versuchte, ihr Schluchzen zu unterdrücken.

„Oh, verzeihen Sie mir, Mr. Spotswood", sagte sie. „Ich hätte nicht gedacht, dass ich so zusammenbrechen würde. Ich war völlig ruhig. Es ist nicht das, was Sie vermuten. Oh, ich fühle mich so elend, so einsam, so verwirrt! Ich würde die Welt um alles geben, wenn ich einem einzigen Menschen mein Herz aussprechen könnte."

Der Rektor wirkte überrascht, aber sichtlich entspannter.

„Mit wem kannst du sprechen, wenn nicht mit mir, Bettina?" er sagte. „Sicherlich können Sie auf mein Mitgefühl zählen, was auch immer Ihr Herz belastet."

Bettina sprach nicht. Sie verbarg ihr Gesicht in ihrem Taschentuch und schüttelte den Kopf, als ob sie mit der Idee seines Mitgefühls nicht einverstanden wäre.

Er fühlte sich ziemlich hilflos und änderte seine Taktik, um ehrlich zu versuchen, den wahren Grund für ihre Probleme herauszufinden.

„Natürlich, mein Kind", sagte er, „der Anblick von mir bringt den Gedanken an deine geliebte Mutter zurück." So ein Kummer –"

Doch erneut unterbrach sie ihn, dieses Mal mit einer stummen Handbewegung. Dann sagte sie:

"Es ist nicht das. Ich habe mich an diesen Schmerz gewöhnt, und obwohl mein Herz ohne ihn nicht mein Herz wäre, ist das jetzt ein stiller und akzeptierter Kummer. Oh, Mr. Spotswood", sagte sie ungestüm, entblößte ihr tränenüberströmtes Gesicht und sah ihn mit der Hilflosigkeit eines Kindes an, „Sie sind ein Geistlicher; Sie lehren, dass Gott Liebe, Mitgefühl und Vergebung ist; Du hast ein gutes Herz! Ich weiß, dass du das hast. Wenn ich Ihnen alles erzählen könnte, was ich erlitten habe und wie tief ich bereut habe, würden Sie vielleicht Mitleid mit mir haben und mir nicht so viel Vorwürfe machen, wie ich es verdient habe."

Sie blickte ihn zögernd an, als wollte sie sehen, inwieweit sie sich auf die Nachsicht verlassen konnte, deren Nachsicht sie jetzt so dringend brauchte.

Das Herz des Rektors war tief berührt. Dieser Ausdruck der Demut des übermütigen, eigenwilligen Mädchens, an das er sich erinnerte, überraschte ihn.

„Es könnte nie mein Impuls sein, dir die Schuld zu geben, mein liebes Kind, und umso weniger, wenn ich sehe, wie bitter du dir selbst die Schuld für diese unbekannte Sache gibst. Wenn Sie mir davon erzählen, werde ich alles tun, was in meiner Macht steht, um Ihnen zu helfen. Auf jeden Fall können Sie auf mein liebevolles Mitgefühl zählen.“

„Ah, wenn ich nur könnte! Es würde mir jetzt viel bedeuten. Aber Sie wissen nicht, was Sie versprechen. In gewisser Weise betrifft es Sie selbst oder zumindest ein Mitglied Ihrer Familie.“

Sie sah, wie sein Gesicht einen leicht verhärteten Ausdruck annahm, der jedoch schnell einem sanfteren Ausdruck wich.

„Egal was es ist, wenn du gelitten und Buße getan hast, gehört dir das größte Mitgefühl meines Herzens.“

„Sie werden es als Vertrauen betrachten – als heiliges Vertrauen?“ sagte Bettina. „Ich konnte es dir nur mit diesem Verständnis sagen. Ich weiß, dass ein Geistlicher es gewohnt ist, die Geheimnisse seines Volkes zu bewahren, und ich könnte kein Wort sagen, wenn ich nicht sicher wäre, dass diese Sache für immer zwischen dir und mir bleiben würde.“

„Wirklich, mein Kind, es ist eine elende Geschichte"

Um sie auf jede erdenkliche Weise zu beruhigen, gab der Pfarrer ihr das Versprechen, das, was sie ihm sagen würde, heilig zu halten; Und so beruhigt öffnete die arme Bettina ihr Herz. Die Erleichterung darüber war so köstlich und das Erlebnis so selten, dass sie alles mit dem Gefühl erzählte, als würde sie ein Kind auf den Knien seiner Mutter zurücklassen, und mit einem Maß an Selbstanklage, das die Verurteilung durchaus hätte entwaffnen können, was sie tatsächlich auch tat.

Bis zu ihrem Treffen mit Horace in England verheimlichte sie nichts und beschrieb mit absoluter Wahrheit ihre Gefühle und ihr Verhalten. Als sie diesen Punkt jedoch erreicht hatte, überkam sie ein Gefühl instinktiver

Zurückhaltung und beschrieb in ein paar kurzen Sätzen, was seitdem passiert war.

Am Ende ihres Vortrags hielt sie inne und schaute dem Rektor gespannt ins Gesicht, als ob sie sowohl hoffte als auch fürchtete, was er sagen würde.

„Wirklich, mein Kind, es ist eine erbärmliche Geschichte", begann er, als wäre er bei der Wahl seiner Worte etwas vorsichtig, „aber das Wissen darüber hat mein Mitgefühl für dich vertieft, anstatt es zu mindern." Ihre Schuld war sehr groß, aber auch Ihre Reue ist groß; und soweit Leid Sühne leisten kann, hast du sicherlich viel zur Sühne getan. Meine eigene Kenntnis des Charakters des verstorbenen Lord Hurdly war so groß, dass ich nicht vorgeben kann, sehr überrascht zu sein über das, was Sie mir über ihn erzählt haben. Ich muss es leider sagen, aber Gerechtigkeit muss sowohl den Lebenden als auch den Toten zuteil werden. Ich vertraue und glaube, dass der jetzige Lord Hurdly seinem Namen alle Ehre machen wird. Mein Umgang mit ihm war vergleichsweise begrenzt, aber kein junger Mann hat mir jemals ein stärkeres Selbstvertrauen vermittelt. Ich spüre das so sehr, dass ich den starken Wunsch bekenne, dass er erfährt, aus welchem Grund Sie sich ihm gegenüber so verhalten haben. Ich habe Ihnen jedoch mein Wort gegeben, und vielleicht ist es das auch. Dieser arme Mann, der erst vor kurzem auf sein Konto gegangen ist, hat ohne diesen zusätzlichen Fleck schon genug Flecken in seinem Gedächtnis. Und wenn ich an Horace denke – daran, was er durch den Verrat seines Verwandten erlitten hat –, dann denke ich, dass es vielleicht auch für ihn am freundlichsten ist, dieses dunkle Geheimnis in der Vergessenheit zu lassen, die es in unseren beiden Herzen begräbt."

Bettina schien seine letzten Worte nicht zu hören.

„Er hat gelitten? Glaubst du, er hat gelitten, und zwar durch mich?"

„Ist es möglich, dass Sie daran zweifeln?"

„Er gab kein Zeichen", begann Bettina zögernd.

„Für dich – ganz bestimmt nicht. Wie könnte er?"

„Hat er es mit dir gemacht?" sagte sie atemlos.

Der Pfarrer sah sie mit einer Art traurigem Blick an und schwieg einen Moment. Dann sagte er:

„Er hat mir einen Brief geschrieben – den herzzerreißendsten Ausdruck des Leidens, den ich je gelesen habe. Es war vor Ihrer Heirat, als er noch die leise Hoffnung hatte, dass Sie Ihre eigenen Gefühle in der Aussage, die Sie in Ihrem Brief an ihn gemacht hatten, falsch verstanden hatten. Doch dann kam die Bekanntgabe Ihrer Heirat, und seitdem wurde Ihr Name zwischen uns nicht mehr erwähnt."

„Haben Sie diesen Brief aufbewahrt?" Sie sagte.

"Ich tat."

„Wirst du es mir zeigen lassen?"

„Ich fürchte, ich kann das nicht richtig machen."

„Ich bitte Sie darum, Mr. Spotswood. Sie würden mir einen sehr großen Gefallen tun, und ich glaube, ich darf es auch im Interesse Ihres Cousins wagen, darum zu bitten. Mir wurde gesagt, dass er „unbeständig und launisch und unfähig zu anhaltender Zuneigung" sei, und vieles mehr in der gleichen Richtung. Ich wäre wirklich froh zu wissen, dass das falsch war."

„Dafür kann ich Ihnen mein Wort geben."

„Aber Sie können mir auch sein Wort geben, wenn Sie wollen", sagte sie flehentlich. „Oh, mein lieber, lieber Freund, auch ich habe gelitten, und ich glaube, dass das, was ich ertragen habe, der schlimmste Schmerz ist, denn er kommt aus der Erkenntnis, dass einem anderen Unrecht getan hat. Du kannst diesen Schmerz nicht lindern, aber vielleicht kannst du mir ein verlorenes Ideal wiederherstellen. Ich war zu dem Schluss gekommen, dass es so etwas wie Liebe – echte Liebe – auf der Welt nicht gibt; nicht nur zu glauben, dass der Mann, der es für mich erklärt hatte, in diesem Beruf falsch war, sondern dass es ihn wirklich nicht gab. Lassen Sie mich diesen Brief sehen. Für mich ist es jetzt eine unpersönliche Sache, aber ich habe das Gefühl, dass es mich für mein ganzes zukünftiges Leben stärken würde. Ich werde versuchen, gut zu sein; Ja , das bin ich", sagte sie, ihre Lippen zitterten wie die eines Kindes. „Wenn ich das Gefühl habe, dass dieser Brief mir helfen würde, warum darf ich ihn dann nicht sehen?"

Der Rektor zögerte sichtlich; Dann sagte er:

„Du wirst es sehen, Bettina. Ich habe nicht das Gefühl, dass es Schaden anrichten wird, und es wird vielleicht ein Akt der Gerechtigkeit sowohl für ihn als auch für Sie sein. Wer auch immer ihn als gefühllos hingestellt hat, hat ihm tatsächlich Unrecht getan. Es war für mich nicht nötig, dass mir das bewiesen wurde, aber wenn in irgendeiner Brust ein solches Bedürfnis vorhanden ist, muss die Lektüre dieses Briefes es beseitigen."

Wenige Augenblicke später erhob er sich zum Abschied, nachdem er versprochen hatte, ihr den Brief zu schicken.

„Wirst du es sofort schicken?" Sie fragte. „Darf Nora mit dir gehen und es zurückbringen?"

In der Anspannung ihrer Gefühle vergaß sie den Eindruck, den ihr Eifer hervorrufen könnte; aber es war dem Pfarrer nicht entgangen, der über all diese Dinge in seinem Herzen nachdachte, als er nach Hause ging.

Als er Nora den Brief gegeben hatte und sie ihn zu ihrer Geliebten gebracht hatte, fragte er sich, ob er es gut gemacht hatte. Bettina hatte nicht so getan, als hätte sie den Mann, mit dem sie sich zuerst verlobt hatte, wirklich geliebt. Das besorgte Interesse und die Zuneigung, die sie ihm damals entgegengebracht hatte, wurden in ihrem Geständnis gegenüber dem Rektor nicht falsch dargestellt, und sie hatte über ihre späteren und gegenwärtigen Gefühle für ihn absolut geschwiegen. Alles, was sie sagte, die ganze Last ihres Liedes, war, dass sie ihm in der vergangenen Zeit so viel Unrecht getan hatte; Niemals hatte sie die Möglichkeit einer Erneuerung der Beziehungen zwischen ihnen angedeutet.

Trotz alledem kannte der Pfarrer Bettina gut und er erkannte die Tatsache, dass sie von einem größeren und tieferen Gefühl beherrscht wurde, als er sie jemals erlebt hatte, außer ihrer Zuneigung zu ihrer Mutter. Und hatte selbst das, fragte er sich, ihr ganzes Wesen – Geist, Seele und Charakter – so sehr durchdrungen wie dieses Gefühl, in das er sie jetzt so versunken sah? Er antwortete, dass dies nicht der Fall sei. Es war daher eine gewisse Verantwortung für ihn, diesen Brief zu zeigen. Aber er handelte im Interesse der Wahrheit und Gerechtigkeit, und er brachte es nicht übers Herz, seine Tat zu bereuen.

So gemäßigt, vernünftig und bedächtig der Pfarrer in all seinen Gedankengängen war, konnte er sich nicht vorstellen, dass aus dem von ihm eingeschlagenen Weg irgendein Ergebnis kommen könnte, außer einem sehr entfernten. Bettina hatte deutlich ihre Entschlossenheit gezeigt, Horace niemals den Inhalt von Mr. Cortlins Brief preiszugeben ; Auch ihm wurde versprochen, das Geheimnis zu bewahren, so dass es keinen Grund gab, den Verkehr zwischen ihnen wiederaufzunehmen. Außerdem war Bettina erst kürzlich Witwe geworden. Die Angemessenheit der Situation erforderte absolute Abgeschiedenheit für mindestens ein Jahr, und in Mr. Spotswoods Bewusstsein war Anstand oberstes Gebot. Er hat nie damit gerechnet, dass Konventionen von jedem vernünftigen Menschen missachtet werden können, und zumindest in diesem Ausmaß hielt er Bettina für eine vernünftige Person.

Kapitel XVII

Die Lektüre dieses Briefes von Horaz an den Rektor löste in Bettinas Leben eine Krise aus. Seine Wirkung auf sie war einzigartig. Als sie eifrig diese Seiten las, die von solch einem Kummer erfüllt waren, der das Herz nur ein- oder zweimal im Leben erfasst, wurde ihr klar, dass sie, Bettina, eine solche Liebe im Herzen des Mannes geschaffen hatte, der Horace Spotswood für sie war Jetzt war sie so begeistert, dass sie nur noch ein einziges Gefühl verspürte: Jubel. Diese Liebe gehabt zu haben, obwohl sie sie jetzt nicht mehr hatte, schien ihr Leben zu verherrlichen. Ihm solchen Kummer bereitet zu haben – wie sehr hatte er sich darum gekümmert! Trotz allem war Entzücken darin!

Auf diese Stimmung folgte ein Gefühl intensiven Bedauerns – eine quälende Selbstanklage, die ihren Geist vor der eigenen Gerechtigkeit zittern ließ. Dann, nach und nach, als ein Moment verhältnismäßiger Ruhe eintrat, zwang sie sich zu der Tatsache, dass es die Bettina von früher war, die so geliebt worden war, und dass der Mann, der sie so geliebt hatte, dieser jugendliche und impulsive Horace war . War die jetzige Bettina, die geringschätzig behandelte Witwe seiner Cousine, nicht ein ganz anderes Wesen – so verschieden wie der jetzige Lord Hurdly von diesem alten und entwachsenen anderen Ich? Sicherlich war die Veränderung in beiden Fällen großartig – eine Veränderung, die sie sowohl zu ihrem eigenen Nachteil als auch zu seinem Vorteil ansah.

Dennoch brachte dieser Brief eine seltsame Kraft in ihr Herz. Da es nun so offensichtlich war, dass er sie so aufrichtig und so anbetend geliebt hatte, verspürte sie einen Ruf an ihre Seele, ihr Bestes zu geben, die Trägheit und das Böse in ihr zu überwinden und so zu leben, wie es sich für die Frau ziemte, die sie gewesen war so geliebt von so einem Mann. Vor allem sehnte sie sich danach, ihr Leben zum Wohle anderer einzusetzen, damit sie es zu einem Dankesopfer für das machte, was sie an Wissen erhalten hatte, das ihr durch diesen Brief zuteil geworden war.

Denn nachdem sie es durchgelesen hatte, wusste sie, dass sie nie wieder die Zweifel hegen konnte, die sie so oft erfüllt hatten, als sie an das völlige Schweigen dachte, mit dem Horace ihre Ablehnung ihm gegenüber akzeptiert hatte. Manchmal hatte sie geglaubt, es wäre eine Erleichterung für ihn gewesen – ein Ausweg aus einer schwierigen Situation; Aber jetzt konnte sie für immer in ihrem Herzen das stolze Bewusstsein tragen, dass sie ebenso leidenschaftlich geliebt worden war wie verzweifeltes Bedauern über sie.

Es war vielleicht eine seltsame Quelle, aus der man Kraft schöpfen konnte, aber jetzt nützte es ihr. Mit einer plötzlichen Erneuerung der Energie ihrer Jugend begann sie, sich nach einer Arbeit umzusehen, die sie erledigen könnte. Zum Glück war der Rektor mit einer praktischen, sofortigen

Beschäftigung für Herz und Hand und leider auch für die Tasche bereit! denn jetzt wurde ihr bewusst, dass sie arm war. Als eine von ihnen, nur etwas anders im Grad, musste sie diesen Leidenden helfen, und obwohl sie durch diese Einschränkung behindert wurde, lag eine gewisse Süße darin. Ihre Arbeit unter den Armen hatte in Kingdon Hall begonnen, und dort war sie oft verblüfft über den Unterschied zwischen ihr und denen, denen sie helfen wollte. Sie wusste, dass dieses Bewusstsein sowohl in ihren als auch in ihren Herzen war und dass es eine unfühlbare, aber positive Barriere bildete. Aber jetzt und hier war alles anders. Sie sehnte sich nach dem Geld, das es ihr ermöglicht hätte, so viel mehr zu tun, und dennoch empfand sie es irgendwie süß, so zu sein wie sie. Das Bewusstsein über ihr eigenes Fehlverhalten in der Vergangenheit war so demütig in ihre Seele eingedrungen, dass sie wie ein völlig anderes Wesen war.

Sie hatte dem Rektor gegenüber nichts von ihrem Entschluss gesagt, das Geld, das ihr verstorbener Mann ihr hinterlassen hatte, nicht anzutasten, hielt aber strikt an diesem Entschluss fest. Es war unmöglich. Sie hatte einfach das Gefühl, dass sie es nicht konnte. Es fiel ihr nicht schwer, ihm alles zu verzeihen, was er getan hatte. Sie war zu zartherzig, um den Toten gegenüber böse zu sein, aber sein Geld konnte sie nicht anrühren. Seit sie einmal darüber nachgedacht hatte – Essen, Kleidung und Trost aus seinen Händen zu bekommen –, war ihr klar geworden, dass es unmöglich war. Sie wusste, dass das Geld für sie auf der Bank hinterlegt war, aber dort könnte es bleiben. Sie hatte Horace gesagt, dass sie es nicht anfassen würde und er sollte dafür sorgen, dass sie ihr Wort hielt.

Dann kam ein Gedanke, der sie zum Lächeln brachte. Er hatte ihr die Annahme einer größeren Summe aufzwingen wollen, weil es sich nicht geziemte, dass Lord Hurdlys Witwe anders als in Prunk und Luxus leben sollte. Wenn er sie jetzt sehen könnte! Das war es, was sie zum Lächeln brachte.

Sie hatte das ganze Haus verschlossen, mit Ausnahme der Zimmer im ersten Stock, in denen sie und Nora allein lebten. Sie hatte keinen anderen Diener, und diese Sparsamkeit ermöglichte es ihr, anderen etwas zu geben. Sie hatte fast keine persönlichen Bedürfnisse und das Einkommen, das für ihre Mutter und sie selbst ausgereicht hatte, reichte mehr als für sie allein. Zuerst hatte sie einen kleinen Anflug verletzten Stolzes verspürt, als ihre Armut den Nachbarn auffiel, die natürlich von ihr erwarteten, dass sie ihre Ausgaben vergrößerte, anstatt sie zu kürzen; aber sie hatte bald die Oberhand. Die Themen ihres Lebens lagen in einem größeren Bereich als nur bloße Kommentare aus der Nachbarschaft, und außerdem wurden ihre Freunde und Bekannten jetzt hauptsächlich aus der Klasse ausgewählt, die für solche Kommentare und Spekulationen zu unwissend war.

Denn Bettina hatte sich mit leidenschaftlichem Eifer in die Arbeit gestürzt, die ihre Hände zu erledigen gefunden hatten. Die einzige Linderung des Schmerzes in ihrem eigenen Herzen schien die Linderung des Schmerzes in anderen Herzen zu sein. Sie verspürte auch ein Gefühl der Dankbarkeit für das Wissen, das ihr durch den Rektor zuteil geworden war und das die ganze Arbeit und den Dienst ihres Lebens viel zu gering erscheinen ließ, als dass sie es als Gegenleistung für diese Wohltat hätte geben können. Was Horace betraf, so ähnelten ihre Gefühle für ihn einer Anbetung. Er war es, der ihr fortan das Ideal vorstellte, das wie ein Fixstern ihren Weg erhellen sollte, obwohl so unermesslich weit über ihr.

Was für ein seltsames Leben war das, in das sie jetzt eingetreten war! Sie spürte die Gewissheit, dass ihr Mut dazu ausreichen würde, aber bei aller Entschlossenheit konnte sie die bitteren Tränen ihrer wortlosen, hoffnungslosen, unkontrollierbaren Sehnsucht nicht immer zurückhalten. Manchmal war dies eine so mächtige Sache, dass sie das Gefühl hatte, wenn ihr Körper nur so stark wäre wie ihr Geist, könnte sie durch die Tausenden von Wassermeilen schwimmen, die sie trennten, nur um ihm die Wahrheit zu sagen, und Dann lege ihr ihr Leben zu seinen Füßen.

Kapitel XVIII

Es war einer von Bettinas anstrengenden Tagen. Die Stunden zogen sich hin und her, bis der Abend hereinbrach, und sie war erschöpft und deprimiert in einem großen, altmodischen Stuhl vor ihrem Holzfeuer gesunken, das drinnen wie draußen der einzige Strahl der Fröhlichkeit zu sein schien. Sie hatte diese Gefühle schon einmal gehabt, und sie wusste, dass sie wahrscheinlich vergehen würden, aber noch nie war es ihr so bewusst geworden, dass das Leben für diejenigen, denen sie helfen wollte, und für sie, die so in Not war, gleichermaßen traurig und elend war Selbst Hilfe – so wenig sie es sich auch erträumt hatten. War es wert, ihnen zu helfen, diesen armen, bösen Kreaturen, die ihre Hoffnungen und Bemühungen so ständig enttäuschten? War sie überhaupt Hilfe wert – sie war ein schwaches, zielloses Wesen –, die sich geschworen hatte, mit dem bloßen Bewusstsein zufrieden zu sein, dass Horace lebte und dass er sie einst überaus geliebt hatte, und dann immer wieder in diese hoffnungslose Unzufriedenheit verfallen war, die sie verursachte? Durstete sie so sehr nach dem, was sie aufzugeben geschworen hatte – dem Besitz dieser Liebe, um die Bedürfnisse der gegenwärtigen Stunde zu befriedigen?

Sie lehnte sich in dem großen, tiefen Stuhl zurück, ihre weißen Hände umklammerten locker die Armlehnen und ihre weißen Lider waren gesenkt. Ab und zu lief eine Träne unter diesen Lidern hervor und ein leichtes Zusammenziehen der Schmerzen bewegte ihre Lippen. Jeder, der so in sie hineinschaute, hätte sich vielleicht gefragt, wo die Freunde und Gefährten dieser schönen, einsamen Frau waren, eingesperrt in diesem kleinen Raum, in der Stille einer Dämmerung, die draußen feucht und grau hing, und das schwelende Feuer brannte gerade noch unruhig drinnen, während das leise Murmeln der Flammen immer wieder die Stille durchbrach.

Kein Laut kam über ihre Lippen. Sie blickte sehnsüchtig und traurig in das glühende Herz des Feuers und sah Visionen und geträumte Träume, aber keine erfreulichen; Sie trugen nur dazu bei, ihre Traurigkeit noch tiefer zu machen.

Plötzlich öffnete sich die Tür und Nora kam mit der Lampe herein. Mit einem Blick auf ihre Herrin, die sich nicht rührte, ging die Frau hinaus und brachte ein kleines Teeservice auf einem Tablett.

„Zünde den Wasserkocher noch nicht an, Nora", sagte eine leise Stimme aus der Tiefe des Stuhls. Der Sprecher rührte sich nicht; Ihr Verhalten war das einer Person, die den geringsten Lärm oder jedes Eindringen missbilligte, und Nora verstand den Hinweis und stellte schweigend das Tablett ab. Dann sagte ihre Herrin im gleichen dumpfen Ton:

„Ich weiß, dass du in die Kirche gehen willst. Gehen. Ich kann mir Tee kochen, wann ich will."

Nora verließ in verständnisvollem Schweigen den Raum.

Noch immer bewegte sich die entspannte Gestalt auf dem Stuhl nicht. Hin und wieder knisterte und knisterte das Feuer, aber darüber hinaus war kein Laut zu hören. Das Lampenlicht zeigte deutlicher die schöne Jugend und Lieblichkeit dieser schwarz gekleideten Gestalt, die in ihren strahlendsten Tagen noch nie so erlesen ausgesehen hatte wie jetzt, als es niemanden gab, der ihre Schönheit bestaunte oder ihre Einsamkeit teilte. Die Hände waren ringlos, denn Bettina hatte nach der Verlesung des Briefes, den ihr der Anwalt überbracht hatte, ihren Ehering abgenommen und damit den letzten Rest der Treue zum Andenken ihres verstorbenen Mannes aufgegeben. Es gab keine Bitterkeit in ihrem Herzen ihm gegenüber. Er existierte einfach nicht, als ob er nie existiert hätte.

Vage hörte sie das Geräusch von Noras Weggang, als die Tür hinter ihr geschlossen wurde, und noch immer saß sie wortlos, regungslos, fast atemlos, wie es schien, denn ihre Brust schien sich kaum zu bewegen.

Plötzlich kamen zwei Tränen unter den geschlossenen Lidern hervor; dann folgten ihnen schnell andere. Das Gefühl, dass sie selbst von der Gefahr durch Noras Beobachtung befreit war, schwächte sie immer mehr. Dann sagte sie mit der hilflosen, flüsternden Stimme eines unglücklichen Kindes:

„Mein Gott, wie verzweifelt bin ich! Wie kann ich es ertragen? Wie lange muss es durchhalten?"

Noch immer rührte sie sich nicht, außer dass sie die Lider hob und die tränenüberströmten Augen nach oben warf, während sie ihre Unterlippe zwischen die Zähne nahm.

Plötzlich war ein Schritt auf der Piazza zu hören – ein Männerschritt, wie in Eile. Sie zuckte zusammen und setzte sich aufrecht hin. Wer könnte es sein? Kein Mann außer dem Rektor besuchte sie jemals, und das war nicht der Schritt des Rektors. Sie wischte hastig die Spuren ihrer Tränen weg und saß da und lauschte.

Dann ertönte ein Klopfen an der Tür – nicht laut, aber fest, deutlich, entschieden. Für sie klang es seltsam, anders als das Klopfen eines Boten oder Dieners, der jemals zu ihrem Haus gekommen war.

Sie stand auf und ließ die Tür des Wohnzimmers offen, damit das Licht in den dunklen Flur fallen konnte.

Dann schien sie, ganz unerklärlicherweise, von einem für sie sehr ungewöhnlichen Gefühl der Angst erfasst zu werden. Sie blieb einen Moment im Flur stehen und wartete.

Das Klopfen wiederholte sich, diesmal so nah, dass sie zusammenzuckte. Sie war von Natur aus keine schüchterne Frau, aber sie verspürte ein Gefühl körperlicher Angst, das völlig unbegründet war. Welchen Schaden könnte ihr aus einer solchen Quelle zustoßen? Sie zwang sich, nach vorne zu gehen und die Tür zu öffnen.

Draußen war es sehr dunkel und sie konnte undeutlich die Umrisse eines großen Mannes erkennen, der vor ihr stand. Das Licht der offenen Tür hinter ihr ließ ihre Gestalt deutlich hervortreten, und es war offensichtlich, dass man sie erkannt hatte, denn eine Stimme sagte mit leiser, aber deutlicher Stimme:

„Lady Hurdly .“

Sie schrie auf, presste beide Hände auf ihre Brust und holte scharf die Luft ein. Dann trat sie ein paar Schritte zurück und streckte eine Hand aus, um sich an der Wand abzustützen.

„Verzeih mir“, sagte die wohlbekannte Stimme – die Stimme aus aller Welt, auf die ihre Blutschläge antworteten. „Ich bin zu plötzlich auf dich losgegangen. Ich hätte schreiben und um Erlaubnis bitten sollen, anzurufen. Ich hätte es tun sollen, aber ich fürchtete, du könntest mich ablehnen.“

Irgendwie wurde die Tür hinter ihnen geschlossen und sie hatten den erleuchteten Raum betreten. Bettina, immer noch blass und atemlos, begann ein paar Ausreden zu murmeln.

"Wie bitte; Ich hatte Angst. Nora war ausgegangen und ich war ganz allein. Ich wusste nicht, wer es sein könnte. Ich habe nie Besucher und hatte Angst, die Tür zu öffnen.“

Er sah sie scharf an.

„Du solltest nicht so allein sein“, sagte er mit gleichzeitig Groll und Empörung in seinem Ton. „Warum hast du nie Besuch? Warum hat Nora dich verlassen? Wo sind die anderen Diener?“

„Es gibt keine anderen. „Es gibt nur Nora“, sagte sie und erholte sich ein wenig. „Ich habe sie heute Abend in die Kirche gehen lassen. Normalerweise habe ich keine Angst. Warum sollte ich? Vielleicht geht es mir nicht sehr gut.“ Während sie diese zusammenhangslosen Sätze aussprach, sank sie auf einen Stuhl und er nahm einen in ihre Nähe.

Sein Gesichtsausdruck hatte sich von Besorgnis zu strenger Traurigkeit verändert.

„Und Sie leben so allein", sagte er, „ohne angemessene Betreuung oder Schutz? Und trotz allem, was ich sagen und tun könnte, wirst du nicht den elenden Hungerlohn annehmen, der dir gehört und der dort auf der Bank verschwendet wird, wo er niemandem nützen kann? Glaubst du, das ist richtig für dich – oder nett für mich?"

Der leise Vorwurf in seinem Ton beunruhigte sie.

„Ich will nicht unfreundlich sein", sagte sie mit nicht ganz ruhiger Stimme, „und tatsächlich habe ich alles, was ich brauche. Nora hat mehr als genug Zeit, sich um mich zu kümmern, und was die Gesellschaft betrifft, liegt es daran, dass ich sie nicht habe, weil ich sie nicht will."

„Und du denkst, du kannst ohne Kameradschaft leben?" er sagte. „Sie werden feststellen, dass Sie sich irren; aber darüber habe ich kein Recht zu sprechen. Es gibt jedoch ein Thema, zu dem ich dieses Recht beanspruche, und es ist die Erfüllung dieses Ziels, die mich nach Amerika geführt hat."

„Du bist den ganzen Weg hierher gekommen, um mich zu sehen?" sagte sie und hob die Brauen, als ob sie sanft abwertend wäre. „Du warst immer nett." Ihre Stimme brach und sie sagte nichts mehr.

„Es ist keine Frage der Freundlichkeit", sagte er. „Es handelt sich um das einfachste Recht und die einfachste Pflicht. Wirst du mich hören? Können Sie mich heute Abend hören, oder soll ich morgen wiederkommen?"

„Sprich jetzt", sagte sie. „Mir geht es vollkommen gut und ich bin bereit, alles anzuhören, was Sie zu sagen haben."

Ihre Stimme zeugte von einer wiederhergestellten Selbstbeherrschung. Die Notwendigkeit, dies zu einem letzten Gespräch zwischen ihnen zu machen, wurde ihr bewusst, und sie saß ganz still und aufrecht da, die Hände fest ineinander verschränkt, und wartete darauf, zu hören, was er sagen würde.

„Dass Sie England so plötzlich verlassen haben", begann er, „war, wie ich nicht sagen muss, eine Enttäuschung für mich. Ich hatte gehofft, Ihre Meinung und Absicht hinsichtlich der Annahme von Geld nicht nur zu ändern, das Ihnen per Gesetz gehört, sondern auch von Geld, das Ihnen nach jedem rationalen Gesetz des Besitzes gehört. Es war für mich eine unerträgliche Vorstellung, dass Sie ohne die Mittel zum Lebensunterhalt, die Ihrem Rang und Stand angemessen sind, weggehen sollten."

Bettina schüttelte mit einem eher kühlen Lächeln den Kopf.

„Rang und Status habe ich nicht", sagte sie. „Ich habe genug Geld, um so zu leben, wie es dem Kind meiner Mutter gebührt; dass ich bin, und nicht mehr. Es ist die einzige Verbindung zur Vergangenheit, die ich anerkenne. Der Name und der Titel, die ich eine Zeit lang trug, gehörten nie im eigentlichen Sinne mir. Ich möchte nicht darüber sprechen; es ist alles Vergangenheit; Aber allein die Tatsache, dass Ihr Cousin es für angebracht hielt, mir das zu hinterlassen, was Sie als bloßen Hungerlohn bezeichnen, zeigt, dass er die Distanz, den Mangel an Einheit zwischen uns so empfunden hat, wie ich es empfand und fühle."

Es war eine Erleichterung für sie, das zu sagen. Daraus konnte er nichts schließen, und sie wollte, dass er wusste, dass sie ihre Seele von jeder Spur der Bindung an den Mann befreit hatte, den sie zu seinem Cousin ernannte, und nicht von irgendeiner Beziehung zu sich selbst – selbst einer früheren. Dieser Punkt entging ihm nicht.

„Mit Demütigung nehme ich Ihre Erinnerung entgegen, dass dieser Mann zumindest in Fleisch und Blut mit mir verwandt war", war die Antwort; „Und aus diesem Grund habe ich es als meine Pflicht empfunden, für das Böse, das er getan hat, die schlechte Wiedergutmachung zu leisten, die in meiner Macht steht."

Er sprach mit äußerster Ernsthaftigkeit, und in seinen letzten Worten lag ein Ton, der Bettina den Verdacht vermittelte, dass sie sich auf mehr als jede bisher zwischen ihnen erwähnte Handlung Lord Hurdlys bezogen.

Sie wartete daher etwas aufgeregt darauf, zu hören, was seine nächsten Worte sein würden.

„Ich muss Sie um Verzeihung bitten", sagte er, „daß Sie eine Angelegenheit angesprochen haben, die mir durchaus als Unverschämtheit erscheinen könnte. Die Notwendigkeit wird mir jedoch aufgezwungen, und ich werde mich so kurz wie möglich fassen, wenn Sie die Güte haben, zuzuhören."

Bettina antwortete lediglich mit einer Kopfneigung.

„Solange ich mich erinnern kann", begann er, „hege ich ein gewisses instinktives Misstrauen gegenüber dem verstorbenen Lord Hurdly . Es wuchs mit meinem Wachstum; Aber ich hätte es unter den damaligen Umständen nie für angebracht gehalten, dem Ausdruck zu verleihen. Mit der Zeit bestätigte die Beobachtung den Instinkt, und mir wurde klar, dass er ein Mann mit starkem Willen war und bei der Verwirklichung seiner Ziele mehr oder weniger skrupellos vorging. Nach seinem Tod, als ich mich mit den Angelegenheiten des Anwesens und verschiedenen anderen Angelegenheiten befasste, die unter meine Beobachtung fielen, stellte ich fest, dass die Wahrheiten, die vor mir aufgedeckt wurden, ihn als einen weitaus schlimmeren Mann offenbarten, als ich es mir vorgestellt hatte. Es war in jeder Hinsicht eine abstoßende Manifestation; Aber selbst als diese Angelegenheit geklärt war – als ich annahm, dass ich mit dem Mann fertig war und mir des Schlimmsten bewusst war – wurde mir eine Offenbarung offenbart, die zwar mit den anderen übereinstimmte und ihrem Wesen und ihrer Art nach nicht schlimmer war , kam mir mit tausendfacher Intensität vor Augen, weil es fast sowohl mich als auch dich betraf.“

Bettinas Herz schlug wie wild. Sie wagte es nicht, ihn anzusehen, und mit dem Instinkt, sich um jeden Preis vor Verrat zu schützen, sagte sie mit einer Stimme, die so kühl und ruhig war, dass der Klang, als er an ihr Ohr drang, sie überraschte:

"Mach weiter. Erklären Sie sich."

Sie hatte ein Papier vom Tisch genommen und benutzte es, als ob sie ihr Gesicht vor dem Feuer schützen wollte, aber es gelang ihr, etwas in den Schatten zu gelangen, so dass ihre Begleiterin ihre Gesichtszüge und ihren Ausdruck nur teilweise sehen konnte. In dieser Position, den Blick auf das Feuer gerichtet, war ihr Gesicht für ihn völlig unergründlich. Es herrschte einen Moment Stille, bevor er fortfuhr.

„Inwieweit die Erklärung notwendig ist“, sagte er, „weiß ich nicht. Mir ist bekannt, dass Sie über Cortlin einen versiegelten Brief von einem Mann namens Fitzwilliam Clarke erhalten haben, der inzwischen tot ist. Was dieser Brief enthielt, ist Ihre eigene Angelegenheit. Ich habe auch einen Brief von derselben Quelle und von derselben Hand erhalten. Aufgrund der in diesem Brief enthaltenen Offenbarung bin ich gekommen, um mit Ihnen zu sprechen.“

Bettina wusste kaum, ob sie wachte oder schlief. Die erstaunliche Plötzlichkeit des Bewusstseins, das sie nun erreicht hatte, schien sowohl ihren Körper als auch ihren Geist zu betäuben. Sie machte jedoch kein Zeichen, da sie völlig still saß, und ihr Begleiter ging weiter.

„Der Brief an Sie wurde, wie Sie sich erinnern, vor meiner Rückkehr nach England zugestellt. Die Zeitspanne, die bis zur Zustellung des Briefes an mich verging – die kaum mehr als eine Woche her war – war auf die Tatsache zurückzuführen, dass Cortlin angewiesen worden war, jeden dieser Briefe in die Hände von niemand anderem als dem Mann und der Frau zu legen, an die er gerichtet war sie wurden angesprochen. Im zweiten Fall war er krankheitsbedingt an der rechtzeitigen Erfüllung seiner Pflicht gehindert. Er hatte einen langen und schweren Fieberanfall. Sobald es sein Gesundheitszustand erlaubte, ließ er mich kommen und legte mir den Brief in die Hand. Er teilte mir mit, dass er über den Inhalt nichts wisse, dass er Ihnen jedoch unmittelbar nach dem Tod einen Brief aus derselben Quelle zugestellt habe des Schurken, dessen Verrat dich dazu verleitet hatte, mit ihm zu heiraten."

Bettina konnte weder sprechen noch ihn ansehen. Die Gedanken, die ihr durch den Kopf gingen, waren zu verwirrend, um sie aussprechen zu können. Eines war ihr jedoch ganz klar. Der Groll, den dieser Mann so heftig zum Ausdruck brachte, war ihr zuliebe, nicht sein eigenes. Seine Wut war eine unpersönliche Sache. Er hatte eine männliche und ritterliche Natur, und die bloße Tatsache, dass ihre Mutter sie einst in seine Obhut gegeben hatte, würde einen starken Anspruch auf eine solche Natur darstellen. Er war empört darüber, dass ein Landsmann und Verwandter sie so schändlich hintergehen konnte . Was seine eigenen Fehler in dieser Angelegenheit betrifft, so hat er diese offenbar nicht berücksichtigt. Hätten sie sich in seinen Worten und Tönen ihrer bewusst gewesen, hätten sie vielleicht nie existiert.

Während diese Gedanken durch ihren Kopf gingen, war er aufgestanden und lief mit unruhigen Schritten auf dem Boden auf und ab. Jetzt blieb er vor ihr stehen und sagte:

„Ich vertraue darauf, dass es Ihnen nicht so vorkommt, als hätte ich Unrecht getan, zu Ihnen zu kommen und Ihnen von der Offenbarung zu erzählen, die mir zuteil wurde. Ich habe dies in der Überzeugung getan, dass der Brief, den Sie erhalten haben, die gleichen Informationen enthielt. Darf ich erfahren, ob das wahr ist?"

Bettina senkte den Kopf, sagte aber nichts mehr.

„Dann fühle ich mich berechtigt, gekommen zu sein", sagte er erleichtert. „Wenn ich gewusst hätte, dass du nicht wüsstest, welches berüchtigte Unrecht dir angetan wurde, mit den skrupellosen Mitteln, mit denen du zu einer Ehe verführt wurdest, die jede Frau so gefoltert und gedemütigt hätte, hätte ich vielleicht geschwiegen. Es wäre vielleicht das Beste gewesen, diese krönende Schande von allen aus der Liste des Unrechts zu streichen, das Sie erlitten haben müssen. Aber da es sicher schien, dass Sie es wussten, und da es zweifellos der Grund dafür war, dass Sie sich geweigert haben, das Geld anzurühren, das Ihnen so rechtmäßig zusteht, und dass Sie das Land verlassen haben, in dem Ihnen dieses große Unrecht zugefügt wurde, konnte ich es nicht Ruhe, bis ich gesprochen habe. Ich konnte das Verlangen nicht stillen, dir einen gewissen Trost zu spenden, von dem ich hoffte, dass es in meiner Macht läge, ihn zu geben. Ich wusste, wie traurig und einsam du warst. Ich hatte an den Rektor geschrieben und ihn um Nachricht von Ihnen gebeten."

"Sie hatten? Er hat es mir nie erzählt " , sagte sie verwundert.

„Ich habe ihn ausdrücklich dazu verpflichtet, dies nicht zu tun; aber ich habe mehr als einmal geschrieben und seine Antworten bekommen. Auf diese

Weise wurde mir klar, dass Sie unglücklich waren – mutig und selbstlos, aber dennoch zutiefst, und es fiel mir nicht schwer, den Grund dafür zu verstehen. Sie werden mir verzeihen, dass ich dieses eine Mal auf ein totes und begrabenes Thema eingehe; aber ich kannte deine Natur und es war mir klar, dass du dich selbst quältest, weil du das Gefühl hattest, du hättest mir Unrecht getan."

Plötzlich hielt Bettina den Atem an und bedeckte ihr Gesicht mit den Händen.

„Ist es nicht so?" er sagte.

Aber sie konnte nicht sprechen. Die schrumpfende Angst, die ihre ganze Haltung ausmachte, war ihre einzige Antwort.

Dann nahm er den Platz neben ihr ein und sagte:

„In der Hoffnung, Ihnen diese völlig unnötige Last zu nehmen, bin ich gekommen. Ich bitte Sie, Geduld mit mir zu haben, während ich ganz einfach zu Ihnen spreche und Ihnen sage, warum es falsch wäre, wenn Sie sich meinetwegen die Schuld geben würden. Diesmal muss ich Sie bitten, mich von der Vergangenheit sprechen zu lassen – nicht von der jüngsten Vergangenheit – betrachten wir sie für immer im Grab –, sondern von der fernen Vergangenheit, an der ich für kurze Zeit Anteil hatte. Auch ich muss mein Geständnis ablegen und um Verzeihung bitten, denn ich bin mir bewusst, dass ich Ihnen Unrecht getan habe, obwohl es aus Unwissenheit, Jugend, Unerfahrenheit und auch – verzeihen Sie mir, dass ich es erwähne, aber es ist meine beste Rechtfertigung – auch weil ich dich geliebt habe, mit einer Liebe, die ich damals zu unwissend war, um sie überhaupt zu begreifen. Ich muss Sie bitten, sich daran zu erinnern, da ich Ihnen eingestehen muss, dass ich Ihnen großes Unrecht getan habe. „Dieses Unrecht", fuhr er nach einer kurzen Pause fort, „besteht darin, dass ich Sie gedrängt habe, mich zu heiraten, obwohl Sie mich nicht geliebt haben." Ich befürchtete schon damals, dass es so sein würde; aber ich war egoistisch; Ich habe an mich selbst gedacht und nicht an dich. Als die geflüsterte Besorgnis in mir aufstieg, unterdrückte ich sie, indem ich schwor, dass ich dich dazu zwingen könnte und würde, wenn du mich nicht schon liebst. Als der Schlag fiel und ich wusste, dass ich dich verloren hatte, wusste ich, dass meine Selbstsucht, hauptsächlich an mein eigenes Glück zu denken, angemessen belohnt worden war. Zumindest war dies das Gefühl, das mein Herz nach dem ersten erfüllte. Du warst jung, zutraulich, unerfahren. Ich wusste besser als du es vielleicht wissen könntest, dass du mich nicht liebst. Später wussten Sie es auch."

Er wartete, als würde er auf ihre Antwort warten. Hinter ihren eng zusammengepressten Händen kam die Antwort.

„Ja", sagte sie leise, „ich wusste schon lange, dass es ein Fehler meinerseits war. Du hast Recht. Ich habe dich nicht geliebt."

Hätte sie hingesehen, hätte sie einen Schatten über seinem Gesicht gesehen – einen sehr schwachen, da auch die Hoffnung, die er verdunkelte, schwach gewesen war.

„Deshalb", sagte er, „habe ich Sie ausgenutzt und von Ihnen ein Versprechen erhalten, das ich niemals hätte verlangen sollen." Ich möchte, dass du das Gefühl hast, dass mir klar ist, dass ich dir darin Unrecht getan habe, und dass ich dich dafür um Verzeihung bitte."

Langsam senkte sie ihre Hände und sah ihn an.

„Und du kannst mich um Verzeihung bitten?" Sie sagte.

„Ich flehe demütig darum – wie auf meinen Knien."

„Wie sollte dann meine Einstellung zu dir sein?"

„Der Stolze und Aufrichtige, mir nie bewusst Unrecht getan zu haben."

„Aber als ich dich verließ, zurückwies, dich verwarf –"

„Das wurde nicht mir angetan, sondern dem Mann, für den Sie mich hielten – dem Mann, der sich Ihnen als Schurke erwiesen hatte, und zwar durch einen Beweis, bei dem Sie jeder für verrückt gehalten hätte, wenn er daran gezweifelt hätte . "

Sie sah ihn etwas schüchtern an.

„Du bist wirklich großzügig", sagte sie.

„Ich bin nicht mehr als gerecht. Ihr Verhalten mir gegenüber war absolut gerechtfertigt. Ich sehne mich nach dem, wozu ich die ganze Welt bereist habe, in der Hoffnung, es zu tun, nämlich dich dazu zu bringen, dir selbst zu vergeben und dich von einer Halluzination zu befreien, die einen unnötigen Schatten auf dein Leben wirft."

„Oh, du bist gut – gut!" Sie sagte. „Ich habe noch nie ein so gütiges Herz gekannt. Deshalb muss mein unendliches Elend umso größer sein, je mehr ich es einmal verletzt habe."

„Dieses Bewusstsein sollte für Sie künftig keinen Schmerz mehr haben. Du hast es in völliger Unwissenheit getan. Ich kann nicht behaupten, dass ich über mein Unrecht Ihnen gegenüber auch nur halb so unwissend war. Aber sicherlich erinnern wir uns vielleicht daran, dass wir einst Freunde waren, und so können wir das Gefühl haben, dass zwischen uns völlige und freie Vergebung herrscht, bevor wir uns trennen."

Sie sprach nicht. Dieses letzte Wort war zu tief in ihr Herz eingedrungen.

„Sie verzeihen mir – nicht wahr?" sagte er, als ob er ihr Schweigen missverstanden hätte.

„Ich danke dir – ich segne dich – ich bitte um *deine* Vergebung", sagte sie.

Bei diesen letzten Worten lächelte er – ein Lächeln, das eine gewisse Bitterkeit an sich hatte. Dann wurde sein Gesicht plötzlich ernst.

„Wenn ich dir meine Vergebung nicht schon vor langer Zeit gegeben hätte", sagte er, „würde ich sie dir jetzt gerne zu einem Preis anbieten. Ich wünsche Gott, dass ich es könnte."

"Wie meinst du das?" sagte sie, eine süße Verwirrung auf ihrem Gesicht. „Welchen Preis muss ich für irgendetwas zahlen?"

„Ah, da ist es! Es mag brutal von mir erscheinen, das, was Sie als Redewendung verwendet haben, wörtlich zu interpretieren, aber lassen Sie die Wahrheit ans Licht kommen. Du bist arm, schutzlos, allein und bittest mich, dich so zurückzulassen! Gott weiß, es ist wenig genug, was ich tun kann, aber der Besitz von Geld würde es dir zumindest ermöglichen, so zu leben, wie es dir zusteht. Ich spreche nicht über Ihren Titel – ich denke nicht daran, wie Sie heißen, sondern an das, was Sie sind. Wenn Sie Geld hätten, selbst das kleine Einkommen, das Sie gerne annehmen würden, wäre Ihr Leben anders."

Aber Bettina wandte den Blick von ihm ab und schüttelte den Kopf in der sanften Verneinung, von der er wusste, dass sie so endgültig war.

„Wie würde mein Leben anders sein?" Sie sagte.

„Du könntest es so machen."

"Inwiefern?"

„Zum einen könnte man reisen."

„Ich möchte nicht reisen. Ich habe es mir einmal gewünscht, und ich habe meinen Wunsch bekommen. Aber damit einher ging ein Elend, von dem mich alle Reisen der Welt nicht befreien konnten."

„Was soll dann dein Leben sein?"

„Was siehst du jetzt? Ich möchte es nicht gegen ein anderes austauschen. Ich habe die Welt und ihre Belohnungen ausprobiert. Da ist nichts drin."

Ihr Tonfall der absoluten, unerwarteten Entscheidung machte ihn wütend.

„Mein Gott, Bettina!" rief er, zu aufgeregt, um zu bemerken, dass ihm der Name entfallen war. „Ist das dein Ernst? Kannst du das ernst meinen? Ich wünschte, ich könnte glauben, dass du es nicht getan hast. Aber Sie haben jetzt eine tödliche Realität , die mich befürchten lässt, dass Sie Ihr Wort halten werden. Dass du dein Leben in dieser Isolation verbringen solltest, dass du – du –"

Er brach ab, als ob ihm die Worte fehlten.

„Was kann ich besser machen?" Sie sagte. „Du darfst mich nicht für untätig und nutzlos halten. Ich werde versuchen, das nicht zu sein. Ich habe es ein wenig versucht. Fragen Sie den Rektor. Und ich werde noch mehr versuchen. Es gibt nur eine Sache, die ich mir zutiefst wünsche, und das ist, eine bessere Frau zu sein, als ich es in der Vergangenheit war. Oh, ich werde mich sehr bemühen – das werde ich, tatsächlich werde ich –, in Zukunft ein wenig Gutes zu tun, um all den Schaden wiedergutzumachen, den ich angerichtet habe!"

Sie verstummte, ihre Stimme versagte ihr, und als sie den Mann ansah, der neben ihr stand , sah sie, dass er kaum zuhörte. Eine intensive Beschäftigung ließ ihn nur vage verstehen, was sie sagte. Sie sah, dass er irgendwie tief bewegt war, und das Bewusstsein, dass dies so war, löste in ihr ein Gefühl der Beunruhigung aus. Sie spürte, wie ihr eigener Wille schwächer wurde, und sie wusste, dass sie diesen Abschied irgendwie überwinden musste, wenn ihre Kraft dafür ausreichen sollte.

„Auf Wiedersehen", sagte sie und streckte ihre Hand aus.

„Tut mir nicht zu leid. Du hast mein Herz durch das, was du mir erzählt hast, unaussprechlich erleichtert. Jetzt, da ich spüren kann, dass Sie alles wissen – dass ich, so falsch und böse ich auch war, nicht so falsch war, wie es schien –, kann ich die Zukunft mutig ertragen. Ich bin mir sicher. Ich möchte mich jetzt verabschieden, denn ich möchte dich lieber nicht wiedersehen. Du würdest nur versuchen, mich mit einer Entschlossenheit zu erschüttern, die nicht zu erschüttern ist. Mach dir keine Sorgen um mich – bitte tu es nicht", fügte sie hinzu. „Ich bin gesund und jung, und das wird mir für das, was ich tun muss, genügen."

„Gesundheit und Jugend!" schrie er, ignorierte ihre ausgestreckte Hand und hob die Hände in einer Geste der Ablehnung. „Und was bedeuten diese in einer Situation wie der Ihren? Sie bedeuten nur, dass Sie eine Existenz verlängern, die für eine Frau wie Sie schlimmer erscheint als der Tod. Du bittest mich, dich so zu verlassen? Aufwiedersehen sagen-"

„Ja, ich flehe darum, ich flehe darum, ich bestehe darauf", unterbrach sie ihn und hatte das Gefühl, dass ihre Kräfte fast erschöpft waren. „Du hast gesagt, dass du bereit wärst, mir einen Dienst zu erweisen – und mich dann zu verlassen."

Sie sank erschöpft in ihren Stuhl zurück.

"Mein Gott! Bin ich ein Rohling?" er sagte. „Habe ich dich mit meiner idiotischen Beharrlichkeit krank gemacht? Ich werde gehen. Ich werde dich von der Not und dem Ärger meiner Anwesenheit befreien. Aber bevor ich gehe, Bettina", sagte er mit einem plötzlichen Bruch in seiner Stimme, „muss und werde ich mein Herz mit einer Sache zufriedenstellen: Um meines eigenen Seelenfriedens willen muss ich dir dies sagen. Ich habe nie aufgehört, dich zu lieben, und das werde ich auch nie tun. Ich habe dich aufgegeben, als ich sah, dass der Verzicht unvermeidlich war, aber ich wusste damals, wie ich es heute weiß, dass ich niemals einen anderen an deine Stelle setzen kann. Du warst die Liebe meiner Jugend und du wirst die Liebe meines Alters sein, wenn mein einsames Leben bis dahin weitergeht. Wende dich nicht von mir ab. Verstecke dein Gesicht nicht so. Ich verlange nichts anderes als dieses heilige Recht zu sprechen. Ich weiß, dass du mich nie geliebt hast. Ich weiß, dass es nicht in meiner Macht steht – wenn überhaupt in irgendeinem sterblichen Menschen –, in den Himmel einzutreten, in dem ich von dir geliebt werde. Aber zumindest waren Sie die Vision in meinem Leben – die heilige Manifestation dessen, was Mädchen und Liebste und Frau und Ehefrau sein könnten – und dafür danke ich Ihnen. Im Schatten dieser seligen Vision werde ich fortan wandeln, und glauben Sie mir, wenn ich sage, dass ich dort allein wandeln werde."

Bettina, das Gesicht in den Händen vergraben, blieb völlig still. Als er einen Moment gewartet hatte, begann er zu befürchten, dass er ihre Kräfte zu sehr überfordert hatte und dass sie ohnmächtig geworden sein könnte.

Er kniete vor ihr nieder, nahm ihre beiden Handgelenke sanft in seine Hände und versuchte, sie von ihren Augen wegzuziehen. Der starke Widerstand, den sie dagegen leistete, war ein hinreichender Beweis dafür, dass sie in allen empfindungsfähigen Nerven bei Bewusstsein war.

„Verzeih mir", sagte er; „Ich gehe – es war falsch, dir das alles aufzuzwingen –, aber es ist das letzte Mal, dass wir uns treffen. Lass mich, ich bitte dich, dein Gesicht noch einmal sehen, bevor ich mich für immer davon abwende."

Die angespannten Hände entspannten sich in seinem Griff, aber er erhaschte nur einen kurzen Blick auf das wunderschöne Gesicht, bevor es sich an seiner Schulter verbarg .

Im selben Moment flüsterte eine leise Stimme in sein Ohr:

„Beweg dich nicht, bis ich mit dir spreche."

Überwältigt von Staunen spürte er, wie die Hände, die er ergriffen hatte, nun seine eigenen festhielten, um ihn zu der Stille zu zwingen, die sie befohlen hatte. Dann fuhr die sanfte Stimme an seinem Ohr fort:

„Du hattest Recht, als du sagtest, dass ich dich nicht liebte – dass du mich zu einer Ehe gedrängt hättest, zu der ich nicht das wahre Gefühl hätte bringen können. Damals wusste ich es nicht, aber jetzt weiß ich es. Und ich weiß es jetzt, weil – weil –" ihre Stimme zitterte und ihr Atem schnell ging – „ weil ich dich jetzt wirklich liebe." Oh, Horace, es gibt keine bessere Liebe, als dieser Mann oder diese Frau geben könnte."

Am Ende brachen ihre Tränen aus und ihr erschöpfter Körper lehnte sich stützend an ihn.

Für einen Moment verspürte er ein so überwältigendes Erstaunen, dass er wegen des Wirbels in seinem Gehirn halb bewusstlos zu sein schien. Dann, als ein Blitz im Handumdrehen den ganzen dunklen Himmel erhellte, wurde ihm die Wahrheit offenbart, und mit diesem Bewusstsein schlossen sich seine Arme fest um sie und seine Küsse auf ihre Lippen.

Wenn er sie überhaupt befragte, dann mit seinem Geist, und ihre Antwort kam in diesem unbeschreiblichen Gefühl der Verbundenheit, das ihre Seelen zu einer einzigen verschmolz. Lange, stille Momente ruhten sie so in dieser Umarmung, und als sie sich trennten und einander in die Augen sahen, sollte das für immer das vereinte Leben beginnen, das sie in einer wahren Ehe binden sollte.

Kirche zurückkam, fand sie sie schweigend vor dem Feuer sitzend vor, die Lampe brannte hell unter dem Kessel, aus dem die damalige und künftige Lady Hurdly gerade Tee für ihren Herrn gekocht hatte.

DAS ENDE